As Luzes
de Setembro

CARLOS RUIZ ZAFÓN

As Luzes de Setembro

Tradução
Eliana Aguiar

6ª reimpressão

Copyright © 1995 by Carlos Ruiz Zafón

Grafia atualizada segundo o Acordo Ortográfico da Língua Portuguesa de 1990, que entrou em vigor no Brasil em 2009.

Título original
Las Luces de Septiembre

Capa
Marcela Perroni (Ventura Design)

Imagens de capa
© Jill Battaglia/Arcangel Images
© Doreen Kilfeather / Trevillion Images

Revisão
Raquel Correa
Cristiane Pacanowski
Rodrigo Rosa

CIP-Brasil. Catalogação na fonte
Sindicato Nacional dos Editores de Livros, RJ

Z22L
    Zafón, Carlos Ruiz
        As luzes de setembro / Carlos Ruiz Zafón; tradução Eliana Aguiar. – 1ª ed. – Rio de Janeiro: Objetiva, 2013.
        232 p.

        Tradução de: Las Luces de Septiembre.
        ISBN 978-85-8105-192-5

        1. Ficção espanhola. I. Aguiar, Eliana. II. Título.

13-03159   CDD: 028.5
                          CDU: 821.134.2-3

Todos os direitos desta edição reservados à
EDITORA SCHWARCZ S.A.
Praça Floriano, 19, sala 3001 – Cinelândia
20031-050 – Rio de Janeiro – RJ
Telefone: (21) 3993-3501
www.companhiadasletras.com.br
www.blogdacompanhia.com.br
facebook.com/editorasuma
instagram.com/editorasuma
twitter.com/Suma_BR

SUMÁRIO

Uma nota do autor 7
1. O céu sobre Paris 13
2. Geografia e anatomia 17
3. Baía Azul 34
4. Segredos e sombras 52
5. Um castelo entre a neblina 67
6. O diário de Alma Maltisse 87
7. Um caminho de sombras 98
8. Incógnito 116
9. A noite transfigurada 127
10. Encurralados 151
11. O rosto sob a máscara 164
12. *Doppelgänger* 191
13. As luzes de setembro 225

UMA NOTA DO AUTOR

Amigo leitor:
Às vezes, os leitores recordam uma obra melhor do que seu próprio autor. Recordam seus personagens, seus conflitos, sua linguagem e suas imagens com uma benevolência que desarma o romancista que já começa a esquecer tramas e cenas escritas há tantos anos, mais talvez do que gostaria. Isso às vezes acontece comigo em relação aos três primeiros romances juvenis que escrevi e publiquei na década de 1990: *O Príncipe da Névoa*, *O Palácio da Meia-Noite* e este *As Luzes de Setembro* que está em suas mãos neste momento. Sempre achei que esses três livros formavam um ciclo de histórias com muitas coisas em comum e que, de certa maneira, tentavam parecer com os livros que teria gostado de ler em minha adolescência.

Escrevi *As Luzes de Setembro* em Los Angeles, entre 1994 e 1995, com a intenção de solucionar alguns elementos que não havia resolvido do jeito que gostaria em *O Príncipe da Névoa*. Ao relê-lo hoje, noto que o romance tem elementos de construção mais cinematográficos que literários e, para mim, sempre estará vinculado às longas horas passadas na companhia de seus personagens, diante da escrivaninha de um terceiro andar que olhava para a Melrose Avenue e de onde podia ver as letras de Hollywood nas colinas.

O romance foi concebido como uma história de mistério e aventura para leitores que, como os espectadores da maioria dos filmes que rondavam minha cabeça na época, eram jovens de espírito e, com sorte, também de idade. Nada disso mudou depois de todo esse tempo.

O que mudou, e já era hora, é que pela primeira vez desde 1995 o romance é publicado numa edição digna e em condições de honradez e decoro que lamentavelmente nunca teve.

Espero que você possa desfrutar dele e que seja um leitor jovem ou deseje voltar a sê-lo. Gosto de pensar que, com a sua ajuda, serei capaz de recordar melhor esse romance e os dois anteriores e poderei me permitir o luxo de viver a aventura de *As Luzes de Setembro* e daqueles anos em que eu também pensava que era jovem e que as imagens e palavras eram capazes de tudo.

Boa leitura e até a vista.

CARLOS RUIZ ZAFÓN
Maio de 2007.

*Q*uerida Irene:
As luzes de setembro me ensinaram a relembrar seus passos desfazendo-se na maré. Já sabia na época que as pegadas do inverno logo apagariam a miragem do último verão que passamos juntos em Baía Azul. Ficaria surpresa ao ver como pouca coisa mudou desde então. A torre do farol continua de pé, como uma sentinela no meio da neblina, mas a estrada que margeava a Praia do Inglês hoje é apenas uma pálida trilha entre a areia e lugar nenhum.

As ruínas de Cravenmoore insinuam-se acima do arvoredo do bosque, silenciosas e envoltas num manto de escuridão. São cada vez menos frequentes as ocasiões em que me aventuro pela baía no veleiro, mas ainda dá para ver os cacos de vidro pontiagudos nas janelas da ala oeste, brilhando como sinais fantasmagóricos na névoa. Às vezes, fascinado pela memória daqueles dias em que cruzávamos a baía ao cair da tarde voltando para o porto, tenho a impressão de rever suas luzes piscando no escuro. Mas sei que não há mais ninguém lá. Ninguém.

Você deve estar se perguntando o que foi feito da Casa do Cabo. Pois bem, ela continua lá, isolada, enfrentando o oceano infinito, plantada na ponta do cabo. No inverno passado, um *temporal destruiu o que restava do pequeno embarcadouro da praia. Um rico joalheiro de alguma cidade grande teve a tentação de comprá-la por uma soma irrisória, mas os ventos do poente e as ondas batendo nos penhascos trataram de dissuadi-lo. A maresia também deixou sua marca na madeira branca. A trilha secreta que conduzia até a laguna transformou-se numa selva impenetrável, repleta de arbustos bravos e galhos caídos.*

Toda tarde, quando o trabalho no cais permite, pego a bicicleta e vou até o cabo para contemplar o crepúsculo no mirante suspenso nas pedras: sozinhos, eu e um bando de gaivotas que se apropriaram do papel de novos inquilinos sem passar pelo escritório de nenhuma imobiliária. Sentado ali, ainda dá para ver a lua se erguer no horizonte e desenhar uma grinalda de prata até a Cova dos Morcegos.

Lembro que uma vez, falando da cova, contei a fabulosa história de um sinistro pirata corso cujo navio foi engolido pela gruta numa noite de 1746. Mentira. Nunca houve nenhum contrabandista nem corsário valentão capaz de se aventurar nas trevas daquela gruta. Em minha defesa, só posso dizer que essa foi a única mentira que ouviu de meus lábios. Embora tenha a certeza de que você sabia o tempo todo.

Essa manhã, enquanto desembaraçava um molho de redes presas nos arrecifes, aconteceu de novo. Por um segundo, vi você no mirante da Casa do Cabo, olhando para o horizonte em silêncio, como sempre gostou de fazer. Quando as gaivotas levantaram voo, percebi que não havia ninguém lá. Mais adiante, cavalgando sobre a névoa, erguia-se o monte Saint Michel, como uma ilha fugitiva encalhada na maré.

Às vezes acho que todos se foram para algum lugar distante de Baía Azul e que só eu fiquei, preso no tempo, esperando em vão que a maré púrpura de setembro me devolva algo mais do que recordações. Não ligue para mim. O mar tem dessas coisas, devolve tudo depois de um tempo, especialmente as lembranças.

Acho que, contando com esta, já enviei cem cartas para o último endereço em Paris que consegui obter. Às vezes me pergunto se recebeu algumas delas, se ainda se lembra de mim e daquele amanhecer na Praia do Inglês. Talvez seja assim, talvez a vida tenha levado você para longe daqui, para longe das lembranças da guerra.

A vida era muito mais simples naquela época, lembra? Mas que estou dizendo? Claro que não. Começo a acreditar que sou o único, pobre tolo, que ainda vive das recordações de todos e cada um daqueles dias de 1937, quando você estava aqui, a meu lado...

1. O CÉU SOBRE PARIS

Paris, 1936

Quem se lembra da noite em que Armand Sauvelle morreu jura que um raio púrpura atravessou o céu, deixando um rastro de cinzas acesas que se perdia no horizonte; um raio que sua filha Irene nunca viu, mas que atormentaria seus sonhos por muitos anos.

Era um frio amanhecer de inverno, e os vidros da janela do quarto número catorze do hospital Saint George estavam cobertos por uma fina película de gelo que transformava a enevoada cidade em aquarelas fantasmagóricas na alvorada dourada.

A chama de Armand Sauvelle se apagou em silêncio, sem um suspiro sequer. Sua esposa Simone e sua filha Irene ergueram os olhos quando os primeiros raios, quebrando a linha da noite, traçaram agulhas de luz pela sala do hospital. Dorian, seu filho mais novo, descansava adormecido numa cadeira. Um silêncio assustador invadiu o quarto. Não foi necessário dizer uma palavra para entender o que tinha acontecido. Depois de seis meses de sofrimento, o fantasma negro de uma doença cujo nome ele jamais foi capaz de pronunciar tinha arrancado a vida de Armand Sauvelle. Apenas isso.

E esse foi o começo do pior ano que a família Sauvelle poderia recordar.

Armand Sauvelle levou para o túmulo o seu fascínio e seu riso contagioso, mas as inúmeras dívidas não o acompanharam em sua última viagem. Logo, um bando de credores e todo tipo de carniceiros de casaca e título honorífico começaram a despencar habitualmente na casa dos Sauvelle, no bulevar Haussmann. As frias visitas de cortesia legal deram lugar a ameaças veladas e, com o tempo, à desapropriação de bens.

Escolas de prestígio e roupas de corte impecável foram substituídas por empregos de meio expediente e roupas mais modestas para Irene e Dorian. Era o início da vertiginosa queda dos Sauvelle no mundo real. A pior parte da viagem, no entanto, recaiu sobre Simone. Retomar o emprego como professora não bastava para fazer frente ao turbilhão de dívidas que devoravam seus poucos recursos. Em todo canto aparecia um novo documento assinado por Armand, uma nova notificação de dívida não paga, um novo buraco negro sem fundo...

Foi nessa época que o pequeno Dorian começou a suspeitar que a metade da população de Paris era composta por advogados e contadores, uma raça de ratos que moram na superfície. E que Irene, sem que a mãe soubesse, aceitou um emprego num salão de baile. Dançava com os soldados, apenas uns adolescentes assustados, por algumas moedas (que introduzia de madrugada na caixa que Simone guardava embaixo da pia da cozinha).

Enquanto isso, os Sauvelle foram descobrindo que a lista dos que se declaravam seus amigos e benfeitores encolhia como neve ao sol. Mas quando chegou o verão, Henri Leconte, velho amigo de Armand Sauvelle, ofereceu à família a possibilidade de mudar para um pequeno apartamento que ficava em cima da sua loja de artigos para desenho, em Montparnasse. O aluguel ficava por conta de melhores tempos futuros, desde que Dorian o ajudasse como moleque de recados, pois seus joelhos já não eram mais como antigamente. Simone não encontrou palavras para agradecer a bondade do velho monsieur Leconte. O comerciante também não cobrou agradecimentos. Num mundo de ratos, eles tinham tropeçado num anjo.

Quando os primeiros dias de inverno se insinuaram pelas ruas, Irene completou 14 anos, que para ela tinham o peso de 24. Por um dia, usou as moedas ganhas no salão de baile para comprar um bolo para comemorar o aniversário com Simone e Dorian. A ausência de Armand pairava sobre eles como uma sombra opressora. Sopraram juntos as velas do bolo na salinha acanhada do apartamento de Montparnasse, pedindo que, junto com as chamas, se apagasse também o fantasma da má sorte que os perseguia há meses. Pela primeira vez, seu desejo não foi ignorado. Ela ainda não sabia, mas aquele ano de sombras estava chegando ao fim.

Algumas semanas depois, uma luz de esperança brilhou inesperadamente no horizonte da família Sauvelle. Graças às artes de monsieur Leconte e sua rede de conhecidos, surgiu a promessa de um bom emprego para sua mãe numa cidadezinha da costa, Baía Azul, longe da penumbra cinzenta de Paris, longe das lembranças tristes dos últimos dias de Armand Sauvelle. Ao que parecia, um endinheirado inventor e fabricante de brinquedos chamado Lazarus Jann precisava de uma governanta que cuidasse de sua residência palaciana no bosque de Cravenmoore.

O inventor vivia na imensa mansão, ao lado da fábrica de brinquedos, já fechada, tendo como única companhia a esposa, Alexandra, há vinte anos gravemente doente e presa à cama num dos quartos. O salário era generoso e Lazarus Jann também oferecia a possibilidade de instalar-se na Casa do Cabo, uma casinha modesta construída sobre o penhasco, na ponta do cabo, do outro lado do bosque de Cravenmoore.

Em meados de junho de 1937, monsieur Leconte despediu-se da família na plataforma seis da estação de Austerlitz. Simone e os filhos embarcaram no trem que iria levá-los para a costa da Normandia.

Vendo o rastro do comboio se desmanchar no ar, o velho Leconte sorriu consigo mesmo e, por um instante, teve o pressentimento de que a história dos Sauvelle, sua verdadeira história, mal tinha começado.

2. GEOGRAFIA E ANATOMIA

Normandia, verão de 1937

Em seu primeiro dia na Casa do Cabo, Irene e a mãe tentaram colocar um pouco de ordem no lugar que seria seu novo lar. Dorian, por sua vez, estava descobrindo sua nova paixão: a geografia ou, mais concretamente, o desenho de mapas. Munido dos lápis e do caderno que Henri Leconte tinha lhe dado ao partir, o caçula de Simone Sauvelle descobriu um pequeno santuário nas pedras do penhasco, uma sentinela privilegiada que oferecia uma vista espetacular.

A cidadezinha e seu pequeno porto de pescadores dominavam o centro da baía. Para o leste estendia-se uma praia infinita de areias brancas, um deserto de pérolas em frente ao mar conhecido como Praia do Inglês. Logo adiante, a extremidade do cabo avançava mar adentro como uma garra afiada. A nova casa dos Sauvelle ficava nessa ponta que separava Baía Azul do amplo golfo que os nativos chamavam de Baía Negra, por suas águas escuras e profundas.

Mar adentro, erguendo-se entre a neblina que o sol dissipava, via-se a ilhota do farol, a meia milha da costa. A torre do farol despontava escura e misteriosa, fundindo-se na névoa. Voltando os olhos para a terra, Dorian podia ver sua irmã Irene e sua mãe no portal da Casa do Cabo.

Sua nova casa era uma construção de dois andares de madeira branca, encravada nas pedras: um terraço suspenso no vazio. Atrás dela, erguia-se um denso bosque e, acima das copas das árvores, via-se a majestosa residência de Lazarus Jann, Cravenmoore.

Cravenmoore parecia mais um castelo, uma invenção com ares de catedral, produto de uma imaginação extravagante e torturada. Um labirinto de arcos, torres, meios arcos e cúpulas pontilhava seu teto anguloso. A construção seguia uma planta em forma de cruz, da qual brotavam as diversas alas. Dorian examinou atentamente a sinistra silhueta da residência de Lazarus Jann. Um exército de gárgulas e anjos esculpidos na pedra guardava o friso da fachada como um bando de fantasmas petrificados à espera da noite. Fechando o caderno e preparando-se para regressar à Casa do Cabo, Dorian se perguntou que tipo de pessoa escolheria um lugar como aquele para viver. Não ia demorar a descobrir: haviam sido convidados para jantar em Cravenmoore naquela mesma noite. Cortesia de seu novo benfeitor, Lazarus Jann.

O novo quarto de Irene estava voltado para o noroeste. De sua janela, podia contemplar a ilha do farol e as manchas de luz que o sol desenhava no oceano, como lagoas de prata acesa. Depois de três meses encerrada no minúsculo apartamento de Paris, poder desfrutar um quarto só para ela parecia um luxo quase ofensivo. A possibilidade de fechar a porta e ter um espaço reservado para sua intimidade era uma sensação inebriante.

Enquanto admirava o sol poente que pintava o mar de cobre, Irene enfrentou o dilema de escolher que roupa usar para seu primeiro jantar com Lazarus Jann. Havia guardado apenas uma pequena parte de seu antigo e extenso vestuário. Diante da ideia da recepção na grande mansão de Cravenmoore, todos os seus vestidos pareciam farrapos vergonhosos. Depois de experimentar as duas únicas roupas que reuniam as condições necessárias para a ocasião, Irene se deu conta da existência de um novo problema com o qual não contava.

Desde os seus 13 anos, seu corpo parecia empenhado em adquirir certos volumes em alguns lugares e perdê-los em outros. Agora, às vésperas dos 15 e parando na frente do espelho, os caprichos da natureza ficavam ainda mais evidentes para Irene. Sua nova silhueta curvilínea não combinava com o corte severo de seu empoeirado guarda-roupa.

Uma grinalda de reflexos avermelhados se estendia sobre Baía Azul quando, pouco antes do anoitecer, Simone Sauvelle bateu na porta.

— Entre.

A mãe fechou a porta atrás de si e fez uma rápida radiografia da situação. Todos os vestidos de Irene estavam estendidos na cama. Na janela, sua filha contemplava as luzes distantes dos barcos no canal vestida com uma simples camiseta branca. Simone examinou o corpo esbelto de Irene e sorriu consigo mesma.

— O tempo passa e a gente não se dá conta, não é?

— Nenhum deles entra. Sinto muito — devolveu Irene.

— Bem que tentei.

Simone aproximou-se da janela e se ajoelhou ao lado da filha. As luzes da cidade no centro da baía desenhavam aquarelas de luz sobre as águas. Por um instante, as duas contemplaram o espetáculo estonteante do crepúsulo sobre Baía Azul. Simone acariciou o rosto da filha e sorriu.

— Acho que vamos gostar desse lugar. O que me diz? — perguntou.

— E nós? Será que ele vai gostar de nós?

— Lazarus?

Irene fez que sim.

— Somos uma família encantadora, ele vai nos adorar — respondeu Simone.

— Tem certeza?

— É melhor que sim, mocinha.

Irene apontou para as roupas.

— Ponha um dos meus — sorriu Simone. — Acho que ficarão melhor em você do que em mim.

Irene ficou um pouco vermelha.

— Exagerada — recriminou à mãe.

— Tempo ao tempo.

O olhar de Dorian quando a irmã apareceu ao pé da escada, usando um vestido de Simone, era digno de um prêmio. Irene cravou os olhos verdes no irmão e, apontando um indicador ameaçador, deu um aviso:

— Não quero ouvir uma palavra.

Mudo, Dorian concordou, incapaz de tirar os olhos daquela desconhecida que falava com a voz de sua irmã e tinha o seu rosto. Simone percebeu seu espanto e reprimiu um sorriso. Em seguida, com uma seriedade solene, apoiou a mão no ombro do menino e ajoelhou-se diante dele para ajeitar a gravata-borboleta cor de vinho, herança do pai.

— Você vive cercado de mulheres, filho. Vá se acostumando.

Dorian concordou de novo, entre a resignação e o assombro. Quando o relógio da parede anunciou as oito da noite, os três estavam prontos para o grande encontro, usando seus melhores trajes. E mortos de medo também.

Uma brisa suave soprava do mar e agitava o arvoredo que cercava Cravenmoore. O rumor invisível das folhas acompanhava o eco dos passos de Simone e seus filhos na trilha que atravessava o bosque, um verdadeiro túnel aberto na selva escura e insondável. A pálida luz da lua lutava para atravessar o véu de sombras que cobria o bosque. As vozes invisíveis dos pássaros que se aninhavam nas copas daqueles gigantes centenários criavam uma inquietante ladainha.

— Esse lugar me dá calafrios — comentou Irene.

— Bobagem — apressou-se em cortar a mãe. — É apenas um bosque. Vamos logo.

Na retaguarda, Dorian contemplava em silêncio as sombras da floresta. A escuridão criava silhuetas sinistras e levava a imaginação a descobrir dezenas de criaturas diabólicas à espreita.

— À luz do dia, isso não é mais que um monte de mato e árvores — disse Simone Sauvelle, pulverizando o feitiço fugaz com que Dorian estava se deleitando.

Alguns minutos mais tarde, depois de um trajeto noturno que para Irene foi interminável, a imponente e angulosa silhueta de Cravenmoore ergueu-se diante deles como um lendário castelo emergindo da névoa. Feixes de luz dourada piscavam atrás das grandes janelas da imensa moradia de Lazarus Jann. Um bosque de gárgulas se recortava contra o céu. Mais adiante, num anexo da mansão, distinguia-se a fábrica de brinquedos.

Passada a soleira da floresta, Simone e os filhos pararam para contemplar a impressionante imensidão da residência do fabricante de brinquedos. Nesse momento, um pássaro que parecia um corvo brotou do matagal batendo as asas e traçou uma curiosa trajetória sobre o jardim que cercava Cravenmoore. Voou em círculos sobre uma das fontes de pedra e pousou aos pés de Dorian. Quando parou de bater as asas, o corvo caiu de lado e começou a balançar cada vez mais devagar até ficar imóvel. O menino se ajoelhou e estendeu lentamente a mão direita para o animal.

— Cuidado! — avisou Irene.

Sem dar ouvidos ao conselho, Dorian acariciou a plumagem do corvo. O pássaro não deu sinal de vida. O menino pegou o animal do chão e abriu suas asas. Uma expressão de espanto cobriu seu rosto. Segundos depois, virou-se para Irene e Simone:

— É de madeira — murmurou. — É uma máquina.

Os três trocaram olhares em silêncio. Simone suspirou e chamou os filhos:

— Vamos causar uma boa impressão, combinado?

Eles concordaram. Dorian depositou o pássaro de madeira no chão. Simone Sauvelle sorriu suavemente e, a um sinal seu, os três começaram a subir a escadaria de mármore branco que serpenteava até o portão de bronze que ocultava o mundo secreto de Lazarus Jann.

As portas de Cravenmoore se abriram diante deles sem que precisassem usar o estranho batente de bronze à imagem e semelhança de um rosto de anjo. Um intenso halo de luz dourada emanava do interior da casa. Uma silhueta imóvel recortava-se no meio da claridade. A figura ganhou vida de repente, inclinando a cabeça ao mesmo tempo que se ouvia um leve clique mecânico. A luz banhou seu rosto. Olhos sem vida, simples bolas de vidro, incrustados numa máscara cuja única expressão era um sorriso de dar calafrios, fitavam os três.

Dorian engoliu em seco. Irene e a mãe, mais impressionáveis, deram um passo atrás. A figura estendeu a mão para eles e ficou imóvel novamente.

— Espero que *Christian* não tenha assustado vocês. É uma criação antiga e desajeitada.

Os Sauvelle viraram para a voz que soava ao pé da escada. Um rosto amável, a caminho de uma maturidade tranquila, sorria, não sem uma pitada de divertimento. Os olhos do homem eram azuis e brilhavam sob a espessa juba de cabelos prateados cuidadosamente penteados. Muito bem-vestido, com uma bengala de ébano policromado, o sujeito aproximou-se e fez uma respeitosa reverência.

— Meu nome é Lazarus Jann e acho que devo desculpas a vocês — disse.

A voz era cálida, reconfortante, uma dessas vozes dotadas de um poder tranquilizador e de uma rara serenidade. Seus grandes olhos azuis observaram detidamente cada um dos membros da família e, por fim, pousaram no rosto de Simone.

— Estava dando meu costumeiro passeio noturno pelo bosque e acabei me atrasando. Madame Sauvelle, se não me engano...

— É um prazer, senhor.

— Pode me chamar de Lazarus, por favor.

Simone fez que sim.

— Estes são minha filha Irene e o caçula da família, Dorian.

Lazarus Jann apertou cuidadosamente a mão dos dois. O aperto era firme e agradável; o sorriso, contagioso.

— Muito bem. Quanto a *Christian*, não é preciso ter medo dele. Só o mantenho como recordação de meus primeiros tempos. É tosco e tenho de reconhecer que sua aparência não é nada amigável.

— É uma máquina? — apressou-se a perguntar Dorian, fascinado.

O olhar de censura de Simone chegou tarde demais. Lazarus sorriu para o menino.

— Poderíamos dizer que sim. Tecnicamente, *Christian* é aquilo que chamamos de autômato.

— Foi o senhor quem construiu?

— Dorian! — recriminou a mãe.

Lazarus sorriu novamente. Era claro que a curiosidade do menino estava longe de incomodá-lo, pelo contrário.

— Sim, esse e muitos outros. É, ou melhor, era o meu trabalho. Mas acho que o jantar está esperando por nós. Que tal conversarmos sobre tudo isso diante de uma boa refeição e assim começamos a nos conhecer melhor?

O cheiro de um assado delicioso chegou até eles como um elixir encantado. Até uma pedra seria capaz de ler seus pensamentos naquele momento.

Nem a surpreendente recepção do autômato nem a inquietante aparência externa de Cravenmoore podiam prevenir o impacto que o interior da mansão de Lazarus Jann causaria nos Sauvelle. Assim que ultrapassaram a soleira da porta, os três se viram mergulhados num mundo fantástico que ia muito além do que três imaginações juntas conseguiriam conceber.

Uma escadaria suntuosa parecia subir em espiral para o infinito. Erguendo os olhos, os Sauvelle podiam contemplar o vão que levava à torre central de Cravenmoore, coroado por uma lanterna mágica que banhava a atmosfera interna da casa com uma luz fantasmagórica e desbotada. Sob esse manto de claridade fantasmagórica, descobria-se a interminável galeria de criaturas mecânicas. Um grande relógio de parede dotado de olhos e de uma careta grotesca sorria para os visitantes. Uma bailarina envolta num véu transparente girava sobre si mesma no centro de uma sala oval, onde cada objeto, cada detalhe, fazia parte da fauna criada por Lazarus Jann.

As maçanetas das portas eram rostos risonhos que piscavam os olhos ao girar. Um corujão de plumagem magnífica dilatava suas pupilas de vidro e batia as asas lentamente na penumbra. Dezenas, talvez centenas de miniaturas e brinquedos ocupavam uma imensidade de paredes e vitrines que levaria uma vida inteira para explorar. Um pequeno e alegre cachorro mecânico abanava o rabo e latia à passagem de um ratinho de metal. Suspenso no teto invisível, um carrossel de fadas, dragões e estrelas dançava no vazio, ao redor de um castelo que flutuava entre nuvens de algodão ao som distante de uma caixinha de música...

Para cada canto que olhavam, os Sauvelle descobriam novos prodígios, novos artefatos impossíveis que desafiavam tudo o que já tinham visto antes. Sob o olhar divertido de Lazarus, os três ficaram ali, parados naquele estado de absoluto encantamento durante vários minutos.

— É... É maravilhoso! — disse Irene, quase sem acreditar no que seus olhos viam.

— Bem, isso é só o vestíbulo. Mas fico feliz que tenha gostado — concordou Lazarus Jann, guiando-os até a grande sala de jantar de Cravenmoore.

Dorian, completamente sem palavras, olhava tudo aquilo com olhos arregalados. Simone e Irene, não menos impressionadas, faziam o possível para não cair na hipnótica sensação de sonho que a casa produzia.

A sala de jantar estava à altura do que o vestíbulo prometia. Desde as taças até os talheres, os pratos e os luxuosos tapetes que cobriam o chão, tudo trazia a marca de Lazarus Jann. Nem um único dos objetos da casa parecia pertencer ao mundo real, cinzento e aborrecidamente normal que tinham deixado para trás ao entrar naquela casa. Contudo, um imenso retrato colocado sobre a lareira, cujas chamas brotavam das goelas de alguns dragões, não escapou aos olhos de Irene. Uma mulher de beleza deslumbrante exibia um vestido branco. O poder de seu olhar ultrapassava a fronteira entre a realidade e os pincéis do artista. Por alguns segundos, Irene se perdeu naquele olhar mágico e inebriante.

— Minha esposa, Alexandra... Quando ainda gozava de boa saúde. Dias maravilhosos, aqueles — disse a voz de Lazarus às suas costas, envolta num halo de melancolia e resignação.

O jantar à luz da lareira transcorreu agradavelmente. Lazarus Jann demonstrou ser um excelente anfitrião que logo ganhou a simpatia de Dorian e Irene, com brincadeiras e histórias surpreendentes. Durante a refeição, explicou que os deliciosos pratos que estavam degustando eram obra de Hannah, mocinha da idade de Irene que trabalhava para ele como cozinheira e arrumadeira. Aos poucos, a tensão inicial desapareceu e todos participaram da conversa descontraída que o fabricante de brinquedos sabia alimentar com uma habilidade imperceptível.

Quando começaram o segundo prato, o peru assado, especialidade de Hannah, era como se os Sauvelle estivessem na companhia de um velho amigo. Para sua tranquilidade, Simone notou que a corrente de simpatia entre Lazarus e seus filhos era mútua e que nem ela mesma estava imune a seus encantos.

Entre uma história e outra, Lazarus deu longas explicações acerca da casa e das obrigações exigidas pelo novo emprego. Sexta-feira era a noite de folga de Hannah, que ia visitar sua humilde família em Baía Azul, e Lazarus aproveitou para informar que teriam oportunidade de conhecê-la assim que voltasse ao trabalho. Hannah era a única pessoa, além de Lazarus e a esposa, que vivia em Cravenmoore. Poderia ajudá-los a se adaptar e resolver qualquer questão relativa à casa.

Quando chegaram à sobremesa, uma torta de framboesas irresistível, Lazarus começou a explicar o que esperava deles. Embora se considerasse aposentado, continuava a trabalhar ocasionalmente na oficina de brinquedos, num anexo de Cravenmoore. Tanto a fábrica quanto os quartos dos andares superiores eram proibidos: não deveriam entrar ali sob nenhum pretexto. E, sobretudo, na ala oeste da casa, onde ficavam os quartos de sua esposa.

Alexandra Jann padecia, há mais de vinte anos, de uma estranha e incurável doença que a obrigava a ficar na cama em repouso absoluto. Vivia retirada em seu quarto, no terceiro andar da ala oeste, onde apenas o marido entrava para atendê-la e proporcionar todos os cuidados que seu estado precário exigia. O fabricante de brinquedos contou que a mulher, na época uma jovem cheia de vitalidade e beleza, contraiu a misteriosa doença numa viagem por terras da Europa central.

O vírus, ao que parece incurável, foi se apoderando dela gradualmente. Em pouco tempo, não conseguia andar ou segurar qualquer objeto. No período de seis meses, seu estado piorou muito, transformando-a numa inválida, um triste reflexo da pessoa com quem havia casado apenas alguns anos antes. Um ano depois de contrair o vírus, a memória da enferma começou a falhar, e em questão de semanas mal conseguia reconhecer o próprio marido. Desde então, parou de falar e seu olhar se transformou num poço sem fundo. Alexandra Jann tinha 26 anos. Desde esse dia, nunca mais deixou Cravenmoore.

Os Sauvelle ouviram o triste relato de Lazarus num silêncio respeitoso. O fabricante, obviamente abalado pela lembrança e por duas décadas de solidão e dor, tentou não dar tanta importância ao fato, dirigindo a conversa para a maravilhosa torta de Hannah. A triste amargura de seu olhar, no entanto, não passou despercebida para Irene.

Não era difícil imaginar a fuga para lugar nenhum de Lazarus Jann. Tendo perdido aquilo que mais amava, tinha se refugiado num mundo de fantasia, onde criou centenas de objetos e seres para preencher a profunda solidão que o cercava.

Ao ouvir as palavras do fabricante de brinquedos, Irene compreendeu que nunca mais veria aquele universo de imaginação transbordante que povoava Cravenmoore apenas como uma espetacular e impactante proeza do gênio que o criou. Para ela, que havia conhecido em sua própria carne o vazio da perda, Cravenmoore era o obscuro reflexo do labirinto de solidão em que Lazarus Jann vivia há vinte anos. Cada habitante daquele mundo maravilhoso, cada criação, constituía simplesmente uma lágrima derramada em silêncio.

Terminado o jantar, Simone Sauvelle estava perfeitamente consciente de suas obrigações e responsabilidades na casa.

Suas funções eram similares às de uma governanta, um trabalho que tinha pouco a ver com seu emprego original, de professora, mas que ela estava disposta a desempenhar o melhor que pudesse para garantir o bem-estar futuro de seus filhos. Simone supervisionaria o trabalho de Hannah e dos criados ocasionais e cuidaria das tarefas de administração e manutenção da propriedade de Lazarus Jann, do contato com fornecedores e comerciantes da cidadezinha, da correspondência, das provisões, além de garantir que ninguém incomodasse o fabricante em seu afastamento voluntário do mundo exterior. Mas seu trabalho também envolvia a aquisição de livros para a biblioteca de Lazarus. A esse respeito, seu patrão disse claramente que seu passado como educadora foi determinante na hora de escolher entre outras candidatas mais experientes no serviço. Lazarus destacou que essa tarefa era uma das mais importantes de seu trabalho.

Em troca, Simone e os filhos podiam morar na Casa do Cabo, além de um salário mais que razoável. Lazarus se encarregaria dos gastos de educação de Irene e Dorian para o próximo ano, depois do verão. Comprometia-se também, caso os jovens manifestassem vontade e aptidão para os estudos, a pagar a universidade dos dois. Irene e Dorian, por sua vez, ajudariam a mãe nas tarefas que ela determinasse, respeitando sempre a regra de ouro da casa: não ultrapassar os limites especificados por seu proprietário.

Pensando nos meses anteriores, de dívidas e miséria, a oferta de Lazarus parecia uma bênção dos céus aos olhos de Simone Sauvelle. Baía Azul era um cenário paradisíaco para começar uma vida nova com os filhos. O emprego era mais do que desejável, e Lazarus dava todos os indícios de que seria um patrão magnânimo e bondoso. Cedo ou tarde, a sorte teria de sorrir para eles. Quis o destino que fosse naquele lugar afastado e, pela primeira vez em muito tempo, Simone estava disposta a aceitá-lo com satisfação. Mais ainda: se seu instinto não estava enganado, e quase nunca estava, podia sentir uma corrente de simpatia fluindo para ela e sua família. Não era difícil prever que sua companhia e sua presença em Cravenmoore podiam ser um bálsamo para amenizar a imensa solidão que parecia cercar seu proprietário.

O jantar chegou ao fim com um café e a promessa de Lazarus de que um dia desses iniciaria o absolutamente fascinado Dorian nos mistérios da construção de autômatos. Os olhos do menino brilharam de alegria diante da oferta e, por um breve instante, os olhos de Lazarus e Simone se encontraram rapidamente à meia-luz das velas. Simone reconheceu neles o rastro de anos de solidão, uma sombra que conhecia bem. Barcos à deriva que se cruzam na noite. O fabricante de brinquedos desviou os olhos e se levantou em silêncio, sinalizando o fim da noitada.

Em seguida, conduziu os três à porta principal, detendo-se brevemente para explicar alguns dos prodígios que apareceram pelo caminho. Dorian e Irene ouviam boquiabertos os detalhes que ele revelava. Cravenmoore abrigava maravilhas suficientes para iluminar cem anos de assombro. Pouco antes de entrarem no vestíbulo, Lazarus parou diante de algo que parecia ser um complexo mecanismo de espelhos e lentes e dirigiu um olhar enigmático a Dorian. Sem dizer uma palavra, enfiou o braço numa espécie de corredor de espelhos e lentamente o reflexo de sua mão foi sumindo até ficar invisível. Lazarus sorriu.

— Não podemos acreditar em tudo o que vemos. A imagem que nossos olhos formam da realidade é apenas uma ilusão de ótica — comentou. — A luz é uma grande mentirosa. Dê-me sua mão.

Dorian seguiu as instruções do fabricante de brinquedos e deixou que ele guiasse sua mão pelo túnel de espelhos. A imagem da mão desintegrou-se diante de seus olhos. Com cara de interrogação, Dorian olhou para Lazarus.

— O que sabe sobre a luz e as leis da ótica? — perguntou o homem.

Dorian negou com a cabeça. Naquele exato momento, não sabia nem onde estava a sua mão direita.

— A magia é apenas uma extensão da física. Como vai você em matemática?

— Mais ou menos, fora a trigonometria...

Lazarus sorriu.

— Então começaremos por aí. A fantasia é feita de números, Dorian. Este é o truque.

O menino fez que sim, sem entender muito bem o que Lazarus estava dizendo. Finalmente, ele apontou para a porta e foi com eles até a soleira. Foi então que, quase por acaso, Dorian teve a impressão de ver o impossível. Quando passou na frente de uma das luminárias bruxuleantes, as silhuetas de seus corpos apareceram projetadas na parede. Todas menos uma: a de Lazarus, cujo rastro na parede era invisível, como se sua presença fosse uma miragem.

Quando virou, Lazarus o observava detidamente. O menino engoliu em seco. O fabricante de brinquedos deu um leve beliscão em seu rosto, com ar brincalhão.

— Não acredite em tudo o que seus olhos veem...

E Dorian saiu da casa, atrás da mãe e da irmã.

— Obrigada por tudo e boa noite — concluiu Simone.

— Foi um prazer. De verdade, não é mera formalidade — disse Lazarus cordialmente, com um sorriso amável. Depois, levantou a mão em sinal de despedida.

Os Sauvelle penetraram no bosque um pouco antes da meia-noite, de volta à Casa do Cabo.

Silencioso, Dorian ainda estava sob o efeito da prodigiosa moradia de Lazarus Jann; Irene caminhava perdida em seus pensamentos, distante do mundo. E Simone, por seu lado, respirou tranquila e deu graças a Deus pela boa sorte que tinha mandado.

Um segundo antes que a silhueta de Cravenmoore sumisse às suas costas, Simone virou-se para dar uma última olhadela. Uma única janela permanecia iluminada no segundo andar da ala oeste. Via-se uma figura imóvel por trás das cortinas. Nesse instante, a luz se apagou e a grande janela mergulhou na escuridão.

De volta a seu quarto, Irene tirou o vestido emprestado pela mãe e o dobrou cuidadosamente na cadeira. Dava para ouvir as vozes de Simone e Dorian no quarto ao lado. A jovem apagou a luz e deitou na cama. Sombras azuis dançavam sobre o céu límpido como uma cavalgada de bailarinos fantasmas na aurora boreal. O sussurro das ondas quebrando nas pedras acariciava o silêncio. Irene fechou os olhos e tentou inutilmente conciliar o sono.

Era difícil aceitar que a partir daquela noite não veria mais seu velho apartamento em Paris, nem voltaria ao salão de baile para ganhar as poucas moedas que os soldados podiam oferecer. Sabia que as sombras da grande cidade não podiam alcançá-la, mas os passos da lembrança não conhecem fronteiras. Levantou de novo e aproximou-se da janela.

 A torre do farol erguia-se na escuridão. Concentrou a vista na ilha entre as brumas iluminadas. Um reflexo repentino faiscou, como o brilho de um espelho a distância. Segundos depois, o clarão se repetiu para desaparecer definitivamente. Irene franziu as sobrancelhas e notou a presença da mãe lá embaixo, na varanda. Metida num grosso suéter, Simone contemplava o mar em silêncio. Sem precisar ver seu rosto na penumbra, Irene adivinhou que estava chorando e que as duas iam demorar para pegar no sono. Naquela primeira noite na Casa do Cabo, depois do primeiro passo em direção a algo que parecia ser um horizonte de felicidade, a ausência de Armand Sauvelle parecia mais dolorosa do que nunca.

3. BAÍA AZUL

De todas as manhãs de sua vida, nenhuma seria mais luminosa para Irene do que aquela de 22 de junho de 1937. O mar resplandecia como um manto de diamantes sob um céu cuja transparência parecia impossível em todos aqueles anos vividos na cidade. De sua janela, a ilhota do farol se desenhava nítida, assim como as pequenas rochas que despontavam no meio da baía, como a crista de um dragão-marinho. A fileira ordenada das casas da cidade na orla da enseada, além da Praia do Inglês, desenhava uma aquarela dançante entre a névoa que subia do cais dos pescadores. Entrecerrando os olhos, podia ver o paraíso segundo Claude Monet, pintor predileto de seu pai.

Irene abriu a janela de par em par e deixou a brisa do mar, impregnada de maresia, inundar o quarto. O bando de gaivotas que fazia ninho nas pedras virou para observá-la com certa curiosidade. Novos vizinhos. Não muito longe delas, Irene descobriu Dorian, instalado em seu refúgio favorito entre as rochas, catalogando miragens, nuvens... ou mergulhado em alguma atividade de suas excursões solitárias.

Irene já estava pensando na roupa que ia vestir para aproveitar aquele dia roubado de algum sonho, quando uma voz desconhecida, acelerada e zombeteira chegou a seus ouvidos vinda do térreo. Dois segundos de atenção revelaram o timbre calmo e temperado de sua mãe conversando, ou melhor, tentando introduzir monossílabos nos poucos espaços que seu interlocutor deixava escapar.

Enquanto se vestia, Irene tentou imaginar a aparência da pessoa pela voz. Desde pequena, era um de seus passatempos prediletos. Ouvir uma voz de olhos fechados e tentar imaginar a quem pertencia: determinar a estatura, o peso, o rosto, o caráter...

Dessa vez seu instinto desenhou uma mulher de pouca estatura, nervosa e agitada, morena, provavelmente de olhos escuros. Com esse retrato em mente, resolveu descer com dois objetivos: saciar seu apetite matutino com um bom café da manhã e, o mais importante, saciar sua curiosidade sobre a dona daquela voz.

Assim que pôs os pés na sala, verificou que só tinha cometido um erro: os cabelos da moça eram louros. O resto foi na mosca. E foi assim que Irene conheceu a pitoresca e faladeira Hannah: de ouvido.

Simone Sauvelle fez o possível para corresponder com um delicioso café da manhã ao jantar que Hannah tinha deixado preparado na noite anterior para o encontro com Lazarus Jann. A jovem devorava a comida numa velocidade ainda maior do que quando falava. A avalanche de histórias, piadas e anedotas de todo o tipo sobre a cidade e seus habitantes, desfiadas rapidamente, fez com que depois de poucos minutos em sua companhia Irene e Simone tivessem a sensação de conhecê-la da vida toda.

Entre uma torrada e outra, Hannah resumiu sua biografia em capítulos acelerados. Ia fazer 16 anos em novembro; seus pais tinham uma casa na cidadezinha: ele pescador, ela padeira; com eles vivia também seu primo Ismael, que tinha perdido os pais anos antes e que ajudava o tio, quer dizer, seu pai, no barco. Não ia mais à escola, porque a megera da Jeanne Brau, diretora do colégio, classificou-a como lerda e de pouca inteligência. Contudo, estava aprendendo a ler com Ismael, e seu conhecimento da tabuada de multiplicar estava melhorando a cada semana. Adorava a cor amarela e colecionava conchas encontradas na Praia do Inglês. Seu passatempo predileto era ouvir novelas radiofônicas e assistir aos bailes de verão na praça principal, quando bandas itinerantes tocavam na cidade. Não usava perfume, mas gostava de batom...

A experiência de escutar Hannah era um misto de diversão e exaustão. Depois de pulverizar o café da manhã e tudo o que Irene não comeu do seu, Hannah parou de falar por alguns segundos. O silêncio que caiu sobre a casa parecia sobrenatural. Mas durou pouco, claro.

— Não quer dar um passeio? Assim posso lhe mostrar a cidade... — perguntou Hannah a Irene, repentinamente entusiasmada com a perspectiva de servir de guia de Baía Azul.

Irene e a mãe trocaram um olhar.

— Adoraria — respondeu finalmente a jovem.

Um sorriso de orelha a orelha iluminou o rosto de Hannah.

— Não se preocupe, madame Sauvelle. Devolverei sua filha sã e salva.

E assim, Irene e sua nova amiga saíram disparadas pela porta, rumo à Praia do Inglês, enquanto a calma retornava lentamente à Casa do Cabo. Simone pegou a xícara de café e foi para a varanda saboreando a tranquilidade da manhã. Dorian acenou de seu refúgio nas pedras.

    Simone devolveu o aceno. Menino curioso. Sempre sozinho. Não parecia interessado em fazer amigos ou não sabia como fazer. Perdido em seu mundo e seus cadernos, só o céu sabia que pensamentos ocupavam sua cabeça. Terminando o café, Simone deu uma última olhada para Hannah e sua filha a caminho da cidade. Hannah continuava tagarelando incansavelmente. Uns tanto, outros tão pouco.

    A iniciação da família Sauvelle nos mistérios e sutilezas da vida numa cidadezinha costeira ocupou a maior parte daquele primeiro mês de julho em Baía Azul. A primeira fase, de choque cultural e adaptação, durou uma boa semana. Durante esses dias, a família descobriu que, à exceção do sistema métrico decimal, os usos, regras e peculiaridades de Baía Azul nada tinham a ver com Paris. Em primeiro lugar, vinha a questão do horário. Em Paris, não seria absurdo afirmar que, para cada mil habitantes, havia outros mil relógios, tiranos que organizavam a vida com capricho militar. Em Baía Azul, no entanto, não havia outro horário que não fosse o do sol. E carros, não mais de três: o do dr. Giraud, o da delegacia de polícia e o de Lazarus. E não mais... A sucessão de contrastes era infinita. E no fundo, as diferenças não estavam nos números, mas nos hábitos.

    Paris era uma cidade de desconhecidos, um lugar onde era possível viver durante anos sem saber o nome da pessoa que vivia no apartamento ao lado. Já em Baía Azul, era impossível espirrar ou coçar a ponta do nariz sem que o acontecimento tivesse ampla cobertura e repercussão em toda a comunidade. Era uma cidade onde os resfriados eram notícia e as notícias eram mais contagiosas que os resfriados. Não havia jornal local e também não fazia a menor falta.

Coube a Hannah a missão de instruí-los para a vida, a história e os milagres de Baía Azul. A velocidade estonteante com que ela metralhava as palavras conseguiu compactar em poucas lições informações suficientes para escrever a enciclopédia de trás para a frente num piscar de olhos. E assim ficaram sabendo que Laurent Savant, o pároco local, organizava campeonatos de mergulho e maratonas, e que, além de esbravejar nos sermões contra a preguiça e a falta de exercícios, tinha percorrido mais milhas em sua bicicleta do que Marco Polo em seu navio. Souberam também que a prefeitura se reunia às terças e quintas, à uma da tarde, para discutir os assuntos municipais, e que Ernest Dijon, o prefeito praticamente vitalício, cuja idade rivalizava com a de Matusalém, deleitava-se beliscando as almofadas de sua poltrona, crente que estava explorando as fornidas coxas de Antoinette Fabré, tesoureira da prefeitura e solteira convicta como poucas.

Hannah disparava uma média de 12 histórias desse calibre por minuto, para o que contribuía o fato de sua mãe, Elisabet, trabalhar na padaria local, que fazia as vezes de agência de informação, serviço de espionagem e consultório sentimental de Baía Azul.

Os Sauvelle não demoraram para entender que a economia da cidade caminhava para uma versão peculiar do capitalismo parisiense. A padaria vendia baguetes, mas a era da informação já tinha começado no fundo da loja. Monsieur Lafont, o sapateiro, consertava correias, fechos e solas, mas seu forte, e o gancho para atrair mais clientes, era sua dupla vida de astrólogo e os mapas astrais que fazia...

O esquema se repetia infindavelmente. A vida parecia tranquila e simples, mas ao mesmo tempo dava mais voltas que um carrossel. A chave estava em se entregar ao ritmo particular da cidade, ouvir as pessoas e deixar que servissem de guia nos cerimoniais que todo recém-chegado tinha de enfrentar, antes de poder dizer que vivia em Baía Azul.

Por isso, cada vez que ia à cidade para pegar a correspondência e as encomendas de Lazarus, Simone dava uma passada na padaria e tomava conhecimento do passado, presente e futuro. Foi bem recebida pelas senhoras de Baía Azul, que não demoraram a bombardeá-la de perguntas sobre seu misterioso patrão, que levava uma vida retirada e raramente aparecia em Baía Azul. Isso, junto com a quantidade de livros que recebia toda semana, transformava Lazarus numa fonte de mistérios sem fim.

— Imagine só, minha cara Simone — segredou certa vez Pascale Lelouch, a esposa do farmacêutico —, um homem sozinho, quer dizer, praticamente sozinho..., naquela casa, com todos esses livros...

Simone habituou-se a ouvir tais demonstrações de sensatez sem soltar um pio. Como seu falecido marido tinha dito uma vez, não vale a pena perder tempo tentando mudar o mundo, basta evitar que o mundo mude você.

Também estava aprendendo a respeitar as exigências extravagantes de Lazarus com relação à sua correspondência. A parte pessoal devia ser aberta no dia seguinte à recepção e prontamente respondida. A parte comercial ou oficial seria aberta no mesmo dia, mas respondida apenas uma semana depois. E, ainda por cima, ela deveria entregar qualquer encomenda procedente de Berlim com o nome de um certo Danniel Hoffmann a ele pessoalmente e nunca, sob nenhum pretexto, poderia abri-las. O motivo de tantos detalhes não era assunto seu, concluiu Simone. Tinha descoberto que gostava de viver naquele lugar, que parecia um ambiente razoavelmente saudável para seus filhos crescerem longe de Paris. O dia em que tinha de abrir ou não as cartas era absoluta e gloriosamente indiferente para ela. Dorian, por seu lado, verificou que, apesar de sua dedicação semiprofissional à cartografia, sobrava tempo para fazer amigos entre os meninos da cidade. Ninguém parecia se importar em saber se sua família era nova ou não ou se ele era um bom nadador ou não (e não era, no começo, mas os novos colegas trataram de ensinar como se manter na superfície). Aprendeu que a bocha era um jogo para cidadãos à beira da aposentadoria e que perseguir as meninas era coisa de adolescentes metidos e devorados por febres hormonais que atacavam a pele e o bom senso. Aparentemente, o que se fazia na sua idade era correr de bicicleta, fantasiar e olhar o mundo, até o dia em que o mundo começasse a olhar para você. E nos domingos à tarde, cinema. Foi assim que Dorian descobriu um novo amor inconfessável, que fazia a cartografia empalidecer como uma ciência de livros roídos pelas traças: Greta Garbo. Uma criatura divina, cujo simples nome mencionado à mesa bastava para tirar seu apetite, embora na verdade fosse uma velha de... 30 anos.

Enquanto Dorian se debatia pensando se sua paixão por uma mulher à beira da velhice não era um pouco doentia, Irene era a pessoa que recebia, mais do que os outros dois, o impacto frontal de Hannah com todo o seu peso. A lista de rapazes sem compromisso e de companhia agradável era o que estava na ordem do dia agora. Hannah achava que, depois de 15 dias na cidade, se Irene não começasse a paquerar languidamente algum dos rapazes, eles começariam a dizer que ela era uma espécie de bicho raro. A própria Hannah era a primeira a admitir que, embora o time merecesse uma nota digna no capítulo dos bíceps, no capítulo do cérebro a graça divina tinha sido modesta e estritamente funcional. Em todo caso, pretendentes e conquistadores não lhe faltavam, o que provocava o nobre sentimento da inveja na amiga.

— Ah, minha filha, se eu fizesse o mesmo sucesso que você, nessa altura eu já seria uma Mata Hari — costumava dizer Hannah.

Com um olhar furtivo para o bando de candidatos, Irene sorriu timidamente.

— Acho que não estou a fim... Parecem meio bobos...

— Bobos? — devolvia Hannah diante daquele desperdício de oportunidades. — Se está querendo ouvir coisas interessantes, vá ao cinema ou pegue um livro!

— Vou pensar — ria Irene.

Hannah balançava a cabeça.

— Vai acabar como meu primo Ismael — sentenciava ela.

Ismael era seu primo, tinha 16 anos e, tal como Hannah tinha dito, foi criado com sua família depois da morte dos pais. Trabalhava como marinheiro no barco do tio, mas suas verdadeiras paixões pareciam ser a solidão e seu veleiro, um caíque construído com suas próprias mãos e batizado com um nome que Hannah nunca conseguia lembrar.

— Alguma coisa grega, acho. Sei lá!

— E onde ele está? — perguntou Irene.

— No mar. Os meses de verão são bons para os pescadores que embarcam em expedições no alto-mar. Papai e ele estão no *Estelle*. Não voltam até agosto — explicou Hannah.

— Deve ser triste. Passar tanto tempo no mar, longe...

Hannah deu de ombros.

— A gente precisa ganhar a vida...

— Você não gosta muito de trabalhar em Cravenmoore, gosta? — insinuou Irene.

A amiga olhou para ela meio surpresa.

— Não tenho nada a ver com isso, claro... — emendou Irene.

— Não, não tem problema — disse Hannah sorrindo. — Na verdade, não gosto muito, não.

— Por causa de Lazarus?

— Não. Lazarus é gentil e foi muito bom para nós. Quando papai sofreu um acidente com as hélices, foi ele quem pagou sua operação. Se não fosse por ele...

— Então?...

— Sei lá. É a casa. As máquinas... Aquilo está cheio de máquinas que olham para você o tempo todo.

— São só brinquedos.

— Tente dormir uma noite lá. Assim que fecha os olhos, tique-taque, tique-taque...

As duas se olharam.

— Tique-taque, tique-taque...? — repetiu Irene.

Hannah deu um sorrisinho irônico.

— Tudo bem, posso ser covarde, mas você vai acabar solteirona.

— Pois adoro as solteironas — devolveu Irene.

E assim, quase sem perceber, um dia atrás do outro sucedeu no calendário e, antes que pensassem no assunto, agosto entrou pela porta adentro. Com ele, chegaram também as primeiras chuvas de verão, tempestades passageiras que não duravam mais de duas horas. Simone, ocupada com seus novos afazeres. Irene, acostumando-se à vida com Hannah. E Dorian, nem precisa dizer, aprendendo a mergulhar enquanto fazia mapas imaginários da geografia secreta de Greta Garbo.

Num dia qualquer, um daqueles dias de agosto em que a chuva da noite anterior transforma as nuvens em castelos de algodão sobre uma porcelana azul resplandecente, Hannah e Irene resolveram passear na Praia do Inglês. Os Sauvelle tinham chegado a Baía Azul há um mês e meio, e quando parecia que não havia mais lugar para surpresas, elas só estavam esperando para entrar em cena.

A luz do meio-dia revelava um rastro de pegadas ao longo da linha da maré, como moscas numa folha branca. No ar, os mastros distantes piscavam como miragens na altura do porto.

No meio da branca imensidão de areia fina como pó, Irene e Hannah descansavam nos restos de um barco encalhado à beira-mar, cercadas por um bando de passarinhos azuis que pareciam fazer ninho nas alvas dunas da praia.

— Por que se chama Praia do Inglês? — perguntou Irene, contemplando a extensão desolada que se estendia entre a cidade e o cabo.

— Porque aqui viveu por muitos anos um velho pintor inglês, numa cabana. O coitado tinha mais dívidas do que pincéis. Dava seus quadros às pessoas da cidade em troca de comida e roupa. Morreu há três anos. Foi enterrado aqui, na praia onde passou toda a sua vida — explicou Hannah.

— Se pudesse escolher, também gostaria de ser enterrada num lugar como esse.

— Que pensamentos mais alegres! — brincou Hannah, com uma pitada de censura.

— Mas não tenho nenhuma pressa — explicou Irene, ao mesmo tempo que seu olhar percebia a presença de um pequeno veleiro que sulcava a baía a uns cem metros da costa.

— Ah... — murmurou sua amiga. — Lá está ele: o marinheiro solitário. Não conseguiu esperar nem um dia para pegar o veleiro.

— Quem?

— Meu pai e meu primo chegaram ontem do mar — explicou Hannah. — Meu pai ainda está dormindo, mas esse aí... Não tem cura.

Irene olhou para o mar e ficou observando o veleiro atravessando a baía.

— É meu primo Ismael. Passa metade da vida nesse veleiro, pelo menos quando não está trabalhando com meu pai no cais. Mas é um bom rapaz... Está vendo essa medalha?

Hannah exibiu uma linda medalha pendurada num cordão de ouro em seu pescoço: um sol mergulhando no mar.

— Foi presente de Ismael.

— É linda — disse Irene, examinando detalhadamente a peça.

Hannah levantou e fez um alarido tão grande que o bando de pássaros azuis fugiu para o outro extremo da baía. Logo, a pequena silhueta no timão do veleiro acenou e a embarcação virou a proa para a praia.

— Por favor, não pergunte nada sobre o veleiro — avisou Hannah. — E se ele falar no assunto, não vá perguntar como foi que o construiu. Ele é capaz de ficar falando horas e mais horas.

— Bem, deve ser de família...

Hannah lançou um olhar furioso.

— Acho que vou deixá-la aqui na praia, à mercê dos caranguejos.

— Desculpe...

— De nada. Mas se acha que sou faladeira, espere até ver minha madrinha. O resto da família parece um bando de mudos ao lado dela.

— Tenho certeza de que vou adorar conhecê-la.

— Claro — respondeu Hannah, incapaz de reprimir um sorrisinho irônico.

O veleiro de Ismael deu um corte limpo na arrebentação e a quilha do barco entrou na areia como uma faca. O jovem afrouxou rapidamente a roldana e a vela arriou até a base do mastro em alguns segundos. Evidentemente, prática não lhe faltava. Assim que pisou em terra firme, Ismael deu, sem querer, aquela olhada em Irene dos pés à cabeça. A eloquência do olhar não desmerecia suas capacidades navegatórias. Hannah revirou os olhos e botou a língua numa careta brincalhona e fez rapidamente as apresentações; à sua maneira, claro.

— Ismael, essa é minha amiga Irene — anunciou amavelmente —, mas não precisa comê-la com os olhos.

O jovem deu uma cotovelada na prima e estendeu a mão para Irene:

— Oi...

O singelo cumprimento veio junto com um sorriso tímido e sincero. Irene apertou sua mão.

— Fique tranquila, ele não é idiota; é só o jeito dele dizer que está encantado e tal — explicou Hannah.

— Minha prima fala tanto que às vezes acho que vai gastar todo o dicionário — brincou Ismael. — Suponho que já disse que não pode me fazer perguntas sobre o veleiro...

— Não, claro que não — respondeu cautelosamente Irene.

— Sim. Hannah acha que é o único assunto de que consigo falar.

— Bem, tem também as redes e as aparelhagens, mas quando se trata do veleiro, primo, é sopa no mel.

Irene assistiu divertida ao duelo de palavras que os dois pareciam adorar. Não havia malícia ou pelo menos nem mais nem menos do que o necessário para jogar uma pitadinha de pimenta na rotina.

— Ouvi dizer que estão morando na Casa do Cabo — disse Ismael.

Irene concentrou a atenção no jovem e fez seu próprio retrato. Cerca de 16 anos, de fato; a pele e os cabelos acusavam o tempo passado no mar. A constituição revelava o duro trabalho no cais, braços e pernas eram desenhados por pequenas cicatrizes, pouco habituais nos rapazes de Paris. Uma cicatriz, maior e mais pronunciada, estendia-se ao longo da perna direita, do tornozelo até um pouco acima do joelho. Irene ficou se perguntando onde teria arranjado aquele troféu. Por último, reparou nos olhos, o único traço de sua aparência que parecia fora do comum. Grandes e claros, os olhos de Ismael pareciam desenhados para esconder segredos atrás de um olhar intenso e vagamente triste. Irene lembrava de olhares assim nos soldados sem nome com quem tinha partilhado três rápidos minutos ao compasso de uma banda de quinta categoria, olhares que escondiam medo, tristeza e amargura.

— Entrou em transe, querida? — interrompeu Hannah.

— Estava pensando que já está ficando tarde. Minha mãe deve estar preocupada.

— Sua mãe deve ter ficado contentíssima de ter algumas horas de sossego, mas tudo bem! — disse Hannah.

— Podemos ir de veleiro, se quiser — ofereceu Ismael. — A Casa do Cabo tem um pequeno cais no meio das pedras.

Irene deu uma olhadela interrogatória para Hannah.

— Se disser que não, vai partir o coração do coitado. Ele não convidaria nem a Greta Garbo para entrar em seu veleiro.

— Você não vem? — perguntou Irene, meio ressabiada.

— Não entro nessa casca de noz nem que me paguem. Além do mais, hoje é meu dia de folga e tem baile na praça à noite. Se eu fosse você, pensaria no assunto. Os bons partidos estão em terra firme e quem está falando é a filha de um pescador. Mas o que estou dizendo? Embarque, vamos. E você, marinheiro, é melhor devolver minha amiga inteira, ouviu bem?

O veleiro, que segundo a inscrição no casco se chamava *Kyaneos*, fez-se ao mar inflando as velas brancas ao vento e cortando a água rumo ao cabo.

Ismael sorria timidamente para ela entre uma manobra e outra e só sentou junto ao timão depois que o barco estabilizou na corrente. Irene, agarrada ao banco, deixou a pele beber as gotas d'água salgada que a brisa lançava sobre os dois. O vento já empurrava com força, e Hannah tinha se transformado numa figura diminuta que acenava da praia. O vigor com que o veleiro cruzava a baía e o som do mar batendo no casco fizeram Irene ter vontade de rir sem saber por quê.

— Primeira vez? — perguntou Ismael. — Num veleiro, digo.

Irene fez que sim.

— É diferente, não é?

Ela concordou de novo, sorrindo, sem tirar os olhos da grande cicatriz que riscava a perna de Ismael.

— Um congro — explicou o rapaz. — É uma história meio comprida.

Irene ergueu os olhos e contemplou a silhueta de Cravenmoore despontando entre as copas das árvores.

— O que significa o nome do veleiro?

— É grego. *Kyaneos*: cíano — respondeu Ismael enigmaticamente.

Como Irene franziu as sobrancelhas, sem entender, ele continuou:

— Os gregos usavam a palavra para descrever a cor azul-escura, a cor do mar. Quando Homero fala do mar, compara sua cor à de um vinho escuro. Essa era a sua palavra: *kyaneos*.

— Estou vendo que sabe falar de outras coisas além do barco e das redes.

— Eu tento.

— Quem lhe ensinou?

— A navegar? Aprendi sozinho.

— Não; sobre os gregos...

— Meu pai era apaixonado por história. Ainda tenho alguns de seus livros...

Irene guardou silêncio.

— Hannah deve ter contado que meus pais morreram.

Ela se limitou a concordar. A ilha do farol se erguia a cerca de duzentos metros. Irene ficou olhando, fascinada.

— O farol está fechado há muitos anos. Agora usam o farol do porto de Baía Azul — explicou ele.

— Ninguém mais vem à ilha? — perguntou Irene.

Ismael negou com a cabeça.

— Por quê?

— Você gosta de histórias de fantasmas? — foi a resposta dele.

— Depende...

— O povo de Baía Azul acredita que a ilha está enfeitiçada ou algo assim. Dizem que uma mulher se afogou ali tempos atrás. Alguns viram umas luzes. Mas cada povoado tem suas lendas. Esse não ia ser diferente.

— Luzes?

— As luzes de setembro — disse Ismael enquanto ultrapassavam a ilha a estibordo. — Diz a lenda, se quiser chamá-la assim, que uma noite, no final do verão, durante o baile de máscaras da cidade, todo mundo viu quando uma mulher mascarada pegou um veleiro e partiu pelo mar. Alguns dizem que ia a um encontro secreto com o amante na ilha do farol; outros, que estava fugindo de um crime inconfessável... Na verdade, todas as explicações são boas porque ninguém nunca soube realmente quem era. Seu rosto estava coberto por uma máscara. No entanto, uma terrível tempestade desabou de repente enquanto ela cruzava a baía e estraçalhou o barco contra as pedras. A misteriosa mulher sem rosto se afogou, mas nunca encontraram o corpo. Dias mais tarde, a maré devolveu apenas a máscara, desfeita pelas pedras. Desde então, o povo diz que nos últimos dias de verão, ao anoitecer, aparecem umas luzes nos lados da ilha.

— O espírito da tal mulher...

— Exato... tentando terminar sua viagem inacabada. É o que dizem.

— E é verdade?

— É uma história de fantasmas. Pode acreditar ou não.

— Você acredita? — quis saber Irene.

— Só acredito no que vejo.

— Um marinheiro cético.

— Mais ou menos isso.

Irene contemplou a ilha novamente. As ondas quebravam com força nas pedras. Os vidros rachados da torre do farol refletiam a luz, decompondo-a num arco-íris fantasmagórico que desaparecia na cortina de água que a arrebentação lançava no ar.

— Já foi lá alguma vez? — perguntou.

— Na ilha?

Ismael puxou a corda e, com um golpe de timão, o veleiro virou a bombordo, apontando a proa para o cabo e cortando a corrente que vinha do canal.

— Pelo visto gostaria de fazer uma visita — propôs — à ilha.

— E pode?

— Poder, pode tudo. A questão é ter coragem ou não — devolveu Ismael com um sorriso confiante.

Irene sustentou seu olhar.

— Quando?

— No próximo sábado. No meu veleiro.

— Sozinhos?

— Sozinhos. Mas se está com medo...

— Não estou com medo — interrompeu Irene.

— Sábado, então. Passo para pegar você no cais no meio da manhã.

Irene desviou os olhos para a costa. Já dava para ver a Casa do Cabo nos penhascos. Na varanda, Dorian observava os dois sem disfarçar a curiosidade.

— Meu irmão Dorian. Não quer subir para conhecer minha mãe...

— Não sou muito bom em apresentações familiares.

— Outro dia, então.

O veleiro entrou na pequena enseada natural nos penhascos, ao pé da Casa do Cabo. Com destreza amplamente ensaiada, ele recolheu a vela e deixou que a inércia da corrente arrastasse o barco até o cais. Pegou o cabo e saltou em terra para prender o barco. Assim que o veleiro ficou seguro, Ismael estendeu a mão para Irene.

— Todos sabem que Homero era cego. Como podia saber qual era a cor do mar? — perguntou Irene.

Ismael pegou sua mão e, com um forte impulso, puxou-a para o cais.

— Mais uma razão para só acreditar no que pode ver — respondeu, ainda segurando sua mão.

As palavras de Lazarus na primeira noite em Cravenmoore voltaram à memória de Irene.

— Os olhos às vezes enganam — comentou.

— Não a mim.

— Obrigada pela travessia.

Ismael fez que sim, soltando sua mão lentamente.

— Até sábado.

— Até sábado.

Ismael pulou de novo no veleiro, soltou o cabo e deixou a corrente levar o barco para longe do cais enquanto içava a vela de novo. O vento o levou até a entrada da enseada, e em alguns segundos o *Kyaneos* penetrou na baía cavalgando as ondas.

Irene ficou no cais, vendo a vela branca diminuir na imensidão da baía. De repente, percebeu que estava com um sorriso pregado no rosto e que um formigamento muito suspeito percorria suas mãos. Soube então que aquela ia ser uma semana muito, muito longa.

4. SEGREDOS E SOMBRAS

Em Baía Azul, o calendário só distinguia duas épocas: o verão e o resto do ano. No verão, a população da cidade triplicava sua carga horária, abastecendo as populações costeiras dos arredores que hospedavam balneários, turistas e gente que vinha de cidade grande em busca de praias, sol e aborrecimento pago. Padeiros, artesãos, alfaiates, carpinteiros, pedreiros e todos os tipos de profissionais dependiam dos três longos meses em que o sol sorria na costa da Normandia. Durante essas 13 ou 14 semanas, os habitantes de Baía Azul se transformavam em laboriosas formigas, para poder repousar tranquilamente no resto do ano como modestas cigarras. E se havia uma época especialmente intensa, eram os primeiros dias de agosto, quando a demanda de produtos locais subia do zero ao infinito.

Uma das poucas exceções a essa regra era Christian Hupert. Ele, como os outros patrões de pesqueiros da cidade, sofria um destino de formiga 12 meses ao ano. Esses eram os pensamentos que ocupavam a mente do experimentado pescador todos os verões, na mesma época, quando via todo o povoado içando as velas a seu redor. E era nesse momento que pensava que tinha errado de profissão e que teria sido muito mais sábio romper a tradição de sete gerações e estabelecer-se como hoteleiro, comerciante ou qualquer outra coisa. Talvez assim sua filha Hannah não tivesse que passar a semana trabalhando em Cravenmoore e talvez ele pudesse ver o rosto de sua esposa mais que trinta minutos por dia: 15 de madrugada, 15 à noite.

Enquanto consertavam a bomba de porão, Ismael aproveitou para observar seu tio. O rosto pensativo do pescador dizia tudo.

— Podia abrir uma oficina náutica — comentou Ismael.

O tio respondeu com um grunhido ou algo assim.

— Ou vender o barco e investir na loja de monsieur Didier. Ele não para de insistir há seis anos — continuou o jovem.

Hupert interrompeu o trabalho e olhou para o sobrinho. Treze anos exercendo o papel de pai não conseguiram apagar o que mais temia e adorava no rapaz: sua obstinada e rematada semelhança com o pai, inclusive a mania de meter o bedelho onde não era chamado.

— Acho que quem deveria fazer isso era você — retrucou Christian. — Já estou chegando aos 50, ninguém muda de profissão na minha idade.

— Então não reclame.

— E quem reclama?

Ismael deu de ombros e os dois se concentraram de novo na bomba.

— Está bem. Não vou dizer nem mais uma palavra — murmurou Ismael.

— Quem me dera. Reforce esse tensor.

— Esse tensor não tem conserto. Devíamos trocar a bomba. Um dia ainda vai nos dar um susto.

Hupert deu aquele sorrisinho que guardava especialmente para os avaliadores do mercado de peixe, as autoridades do porto e os idiotas de todo tipo.

— Esta bomba pertenceu a meu pai. E, antes, a meu avô, e antes dele...

— É disso mesmo que estou falando — interrompeu Ismael. — Seria bem mais útil num museu que aqui.

— Amém.

— Tenho razão. Você sabe disso.

Irritar o tio era, com a possível exceção de navegar no veleiro, o seu passatempo predileto.

— Não quero mais falar desse assunto. Ponto final. Acabou.

Para que não restasse nenhuma dúvida, Hupert arrematou a frase com duas enérgicas voltas na manivela da bomba.

E de repente, ouviu-se um ronco suspeito no interior da bomba. Hupert sorriu para o sobrinho, mas dois segundos depois, a tampa do tensor que ele tinha acabado de colocar saiu voando, desenhando um arco sobre suas cabeças, seguido de algo que parecia um êmbolo, um jogo completo de porcas e outras quinquilharias não identificadas. Tio e sobrinho seguiram a evolução da lataria até a aterrissagem, pouco discreta, bem na coberta do barco ao lado, de Gerard Picaud. Ex-boxeador com a constituição de um touro e o cérebro de um caramujo, Picaud examinou as peças e em seguida olhou para o céu, intrigado. Hupert e Ismael trocaram um olhar.

— Acho que nem vamos notar a diferença — sugeriu Ismael.

— Quando quiser saber sua opinião...

— Você pede. Está bem. A propósito, por acaso se importa se eu tirar o sábado de folga? Queria dar uma geral no veleiro...

— Essa geral, por acaso, é ruiva, 1,70 metro e olhos verdes? — comentou Hupert como quem não quer nada.

O pescador sorriu ironicamente para o sobrinho.

— As notícias correm... — disse Ismael.

— Se dependerem de sua prima, elas voam, meu caro. Qual é o nome da senhorita?

— Irene.

— Ah... entendi.

— Não tem nada para entender.

— Dê tempo ao tempo.

— É simpática, isso é tudo.

— "Simpática, isso é tudo" — repetiu Hupert, imitando o tom de fria indiferença do sobrinho.

— Melhor esquecer. Não é uma boa ideia. Vou trabalhar no sábado — cortou Ismael.

— Pois precisamos limpar o porão. Tem peixe podre há semanas e fede mais que o inferno.

— Perfeito.

Hupert deu uma gargalhada.

— É tão teimoso quanto seu pai. Gosta da menina ou não?

— Uhm.

— Não use monossílabos comigo, Romeu. Tenho o triplo de sua idade. Gosta ou não?

Ismael deu de ombros. Estava vermelho como um pimentão. Finalmente, deixou escapar um murmúrio ininteligível.

— Traduza — insistiu o tio.

— Disse que sim. Acho que sim. Acabei de conhecer.

— Bem, isso é mais do que posso dizer de sua tia na primeira vez em que a vi. E o céu é testemunha de que é uma santa.

— Como ela era quando moça?

— Não comece ou vai passar o sábado no porão — ameaçou Hupert.

Ismael fez que sim e começou a recolher as ferramentas de trabalho. O tio limpou a graxa das mãos, olhando para ele com o rabo dos olhos. A última moça pela qual demonstrou interesse foi uma tal de Laura, filha de um viajante de Bordeaux, e já se iam quase dois anos. O único amor de seu sobrinho, além de sua intimidade impenetrável, parecia ser o mar e a solidão. Essa menina devia ser mesmo especial.

— Vou limpar o porão antes de sexta-feira — anunciou Ismael.

— É todo seu.

Quando os dois saltaram para o cais, voltando para casa ao anoitecer, seu vizinho Picaud continuava examinando as misteriosas peças, tentando adivinhar se naquele verão iam chover parafusos ou se era algum sinal dos céus para ele.

Quando agosto chegou, os Sauvelle já tinham a sensação de estar em Baía Azul há pelo menos um ano. Os que ainda não conheciam a família estavam devidamente informados sobre eles pelas artes oratórias de Hannah e sua mãe, Elisabet Hupert. Por um estranho fenômeno localizado entre a fofoca e a magia, as notícias chegavam à padaria onde ela trabalhava antes mesmo que acontecessem, e a imprensa escrita e a falada não tinham como competir com o estabelecimento de Elisabet Hupert. Notícias e croissants fresquinhos, do amanhecer ao crepúsculo. Tanto que, na sexta-feira, os únicos habitantes de Baía Azul que ainda não sabiam do romance entre Ismael Hupert e a recém-chegada, Irene Sauvelle, eram os peixes e os próprios. Pouco importava se tinha mesmo acontecido algo ou ia acontecer um dia: a breve travessia da Praia do Inglês à

Casa do Cabo a bordo do veleiro já fazia parte dos anais daquele verão de 1937.

Realmente, as primeiras semanas de agosto em Baía Azul transcorreram a toda velocidade. Simone tinha por fim estabelecido um mapa mental de Cravenmoore. A lista de todas as tarefas urgentes para a manutenção da casa era infinita. Contatar os fornecedores da cidade, acertar as contas e a contabilidade, além de cuidar da correspondência de Lazarus, era suficiente para ocupar todo o seu tempo, descontados os minutos que usava para respirar e dormir. Dorian, armado com uma bicicleta que foi o presente de boas-vindas de Lazarus, era o seu pombo-correio, e em poucos dias o menino conhecia cada pedra, cada buraco do caminho da Praia do Inglês.

Assim, Simone começava sua jornada de manhã despachando a correspondência a ser remetida e separando meticulosamente a recebida, tal como Lazarus havia recomendado. Uma pequena nota, apenas uma folha de papel dobrada, permitia que tivesse à mão um rápido lembrete de todas as esquisitices que o fabricante de brinquedos cultivava. Ainda se lembrava de seu terceiro dia de trabalho: quase abriu acidentalmente uma das cartas enviadas de Berlim pelo tal Daniel Hoffmann. A memória a salvou no último segundo.

Em geral, as cartas de Hoffmann chegavam de nove em nove dias, com uma precisão quase matemática. Os envelopes de pergaminho estavam sempre lacrados, com um timbre em forma de "D". Logo Simone se acostumou a separá-los do resto e esqueceu a particularidade da coisa. Durante a primeira semana de agosto, porém, aconteceu algo que despertou de novo a sua curiosidade em relação à intrigante correspondência do sr. Hoffmann.

Simone chegou de manhã cedo ao escritório de Lazarus para deixar uma série de faturas e pagamentos em cima de sua escrivaninha. Preferia fazer isso nas primeiras horas da manhã, antes que o fabricante de brinquedos chegasse no escritório, para não importuná-lo mais tarde. O falecido Armand tinha o hábito de começar sua jornada revisando pagamentos e faturas. Enquanto pôde.

O caso é que, naquela manhã, Simone entrou normalmente no escritório e sentiu um cheiro de tabaco no ar, o que a fez supor que Lazarus tinha ficado até tarde na noite anterior. Estava colocando os papéis na escrivaninha quando viu que havia alguma coisa na lareira, fumegando entre as brasas da madrugada. Intrigada, foi até lá e tentou descobrir o que era com a ajuda do atiçador. À primeira vista, parecia um feixe de papéis amarrados que o fogo não tinha conseguido devorar por completo. Já estava se virando para sair quando, entre as brasas, viu claramente o lacre timbrado sobre o maço de papéis. Cartas. Lazarus tinha jogado as cartas de Daniel Hoffmann no fogo da lareira. Seja qual for o motivo, pensou Simone com seus botões, não é assunto meu. Largou o atiçador e saiu do escritório resolvida a nunca mais meter o bedelho nos assuntos pessoais de seu patrão.

Hannah acordou com a chuva tamborilando nos vidros. Era meia-noite. Seu quarto estava mergulhado numa penumbra azul e a luz de uma tempestade distante no mar desenhava miragens de sombras a seu redor. O tique-taque de um dos relógios falantes de Lazarus soava mecanicamente na parede, os olhos no rosto sorridente virando de lá para cá sem cessar. Hannah suspirou. Detestava passar a noite em Cravenmoore.

À luz do dia, a casa de Lazarus Jann parecia um interminável museu de prodígios e maravilhas. Mas ao cair da noite, as centenas de criaturas mecânicas, os rostos das máscaras e os autômatos se transformavam numa fauna fantasmagórica que nunca dormia, sempre atenta e vigilante nas trevas que cobriam a casa, sem parar de sorrir, sem parar de olhar para nenhum lugar.

Lazarus dormia num dos quartos da ala oeste, ao lado do quarto da esposa. À parte eles dois e a própria Hannah, a casa era ocupada apenas pelas dezenas de criações do fabricante de brinquedos, em cada corredor, em cada quarto. No silêncio da madrugada, Hannah ouvia o eco das entranhas mecânicas de todos eles. Às vezes, quando o sono não vinha, ficava horas imaginando-os, imóveis, os olhos de vidro brilhando no escuro.

Tinha acabado de baixar as pálpebras quando ouviu pela primeira vez aquele som, um impacto regular amortecido pela chuva. Hannah levantou-se e atravessou o quarto até o quadro de claridade da janela. A selva de torres, arcos e tetos angulosos de Cravenmoore jazia sob o manto da tormenta. Os focinhos de lobo das gárgulas cuspiam rios de água negra no vazio. Que lugar insuportável...

O som chegou de novo a seus ouvidos e o olhar de Hannah pousou na fila de janelas da ala oeste. Parece que o vento tinha aberto uma das janelas do segundo andar. As cortinas tremulavam na chuva e os batentes chocavam-se na parede diversas vezes. A garota amaldiçoou sua sorte. A simples ideia de subir para o corredor e atravessar toda a casa até a ala oeste gelava seu sangue.

Antes que o medo a desviasse de seu dever, enfiou um casaco e calçou os chinelos. Não havia luz, de modo que pegou um dos candelabros e acendeu as velas. O clarão acobreado desenhou um halo fantasmagórico ao redor dela. Hannah apoiou a mão na fria maçaneta da porta e engoliu em seco. Ao longe, as janelas daquele quarto escuro continuavam a bater, várias vezes. Esperando por ela.

Fechou a porta do quarto atrás de si e enfrentou o túnel infinito do corredor que mergulhava nas sombras. Levantou o candelabro e penetrou no corredor, ladeado pelas silhuetas suspensas no vazio dos brinquedos adormecidos de Lazarus. Hannah concentrou o olhar à sua frente e apertou o passo. O segundo andar hospedava muitos dos velhos autômatos de Lazarus, cujas feições eram muitas vezes grotescas e até ameaçadoras. Quase todos estavam enclausurados em vitrines de vidro, atrás das quais ganhavam vida de repente, ao acaso, respondendo às ordens de algum mecanismo interno capaz de despertá-los de seu sono mecânico.

Hannah passou diante de *Madame Sarou*, a pitonisa cujas mãos enrugadas embaralhavam as cartas do tarô, escolhiam uma e mostravam ao espectador. Apesar de seus esforços, a menina não conseguiu desviar os olhos daquela cigana de madeira entalhada. Seus olhos se abriram e as mãos estenderam uma carta na direção de Hannah, que engoliu em seco. A carta mostrava a figura de um diabo vermelho envolto em chamas.

Uns metros depois, o dorso do homem das máscaras balançava de um lado para o outro. O autômato exibia um rosto invisível, cada vez com uma máscara diferente. Hannah desviou os olhos e acelerou. Já tinha atravessado aquele corredor centenas de vezes, mas à luz do dia. Eram apenas máquinas sem vida, não mereciam sua atenção e muito menos seu temor.

Com esse pensamento tranquilizador, dobrou a extremidade do corredor e encaminhou-se para a ala oeste. A pequena orquestra em miniatura do *Maestro Firetti* repousava de um lado. Por uma moeda, os músicos interpretavam uma versão peculiar da *Marcha turca* de Mozart.

Hannah parou diante da última porta do corredor, uma imensa peça de carvalho lavrada. Cada porta de Cravenmoore tinha um relevo diferente, entalhado na madeira, representando contos célebres: os irmãos Grimm imortalizados em hieróglifos de marcenaria palaciana. Mas aos olhos de Hannah, aquilo parecia simplesmente sinistro. Nunca tinha entrado naquele quarto: mais um dos numerosos cômodos da casa que ela não conhecia. E jamais poria os pés lá dentro se não fosse absolutamente necessário.

A janela batia do outro lado da porta. O hálito gelado da noite passava por baixo da porta, acariciando seus pés. Hannah deu uma última olhada no longo corredor atrás dela. Os rostos da orquestra sondavam as sombras. Ouvia-se claramente o som da água e da chuva, como milhares de pequenas aranhas correndo sobre o telhado de Cravenmoore. A menina respirou fundo e, empurrando a maçaneta da porta, entrou no quarto.

Foi atingida por uma lufada de ar gelado, que bateu a porta às suas costas e apagou a chama das velas. As cortinas de gaze ensopadas tremulavam como mortalhas ao vento. Hannah deu alguns passos e fechou rapidamente a janela, apertando o fecho que o vento tinha soltado. Apalpou o bolso de seu casaco com dedos trêmulos e tirou a caixa de fósforos para acender as velas de novo. As trevas ganharam vida a seu redor, diante da luz bruxuleante do candelabro. Atrás dela, a claridade revelava um quarto que parecia ter sido de um menino. Uma caminha ao lado de uma escrivaninha. Livros e roupas infantis estendidas numa cadeira. Um par de sapatos alinhados com simplicidade embaixo da cama. Um diminuto crucifixo pendente de uma das vigas do teto.

Hannah avançou alguns passos. Havia alguma coisa estranha, desconcertante naqueles móveis e objetos, mas não conseguia descobrir o que era. Seus olhos percorreram o quarto infantil novamente. Não havia nenhuma criança em Cravenmoore. Nunca houve. Qual era o sentido daquele quarto?

De repente, uma ideia brilhou em sua mente. Agora entendia o que tinha estranhado ao entrar ali. Não era a ordem. Nem a simplicidade. Era uma coisa tão banal, tão simples, que dificilmente alguém notaria. Era um quarto de criança, mas faltava alguma coisa... Brinquedos. Não havia um único brinquedo naquele quarto.

Hannah levantou o candelabro e descobriu outras coisas na parede. Papéis. Recortes. A menina colocou o candelabro na escrivaninha de criança e aproximou-se. Um mosaico de velhos recortes e fotografias cobria a parede. O rosto pálido de uma mulher dominava um dos retratos: tinha feições duras, angulosas, e seus olhos negros irradiavam uma aura ameaçadora. O mesmo rosto aparecia em outras fotos. Hannah concentrou a atenção num retrato da misteriosa dama com um menino nos braços.

Seu olhar percorreu a parede, examinando os velhos recortes de jornal, cujos títulos não tinham nada a ver com nada. Notícias sobre um terrível incêndio numa fábrica em Paris e o desaparecimento de um personagem chamado Hoffmann durante a tragédia. O rastro obsessivo daquela presença parecia impregnar toda a coleção de recortes, alinhados como lápides nos muros de um cemitério de memórias e recordações. Bem no centro, rodeada por dezenas de outros recortes ilegíveis, via-se a primeira página de um jornal de 1890. Nela, um rosto de menino. Seus olhos estavam cheios de terror, os olhos de um animal encurralado.

A força daquela imagem atingiu-a com violência. Aquele olhar, de um menino de apenas 6 ou 7 anos, parecia ter testemunhado um horror que ela não conseguia entender. Hannah sentiu frio, um frio intenso que vinha de dentro dela. Seus olhos tentaram decifrar o texto meio apagado que cercava a foto. "Um menino de 8 anos foi encontrado depois de passar sete dias preso num porão, abandonado no escuro", dizia a legenda. Hannah observou de novo o rosto da criança. Havia algo vagamente familiar em suas feições, talvez nos olhos...

Nesse exato instante, Hannah teve a impressão de ouvir o eco de uma voz, uma voz que sussurrava às suas costas. Virou, mas não havia ninguém. Ela suspirou fundo. Os feixes luminosos das velas revelavam milhares de grãos de poeira no ar, formando uma névoa púrpura a seu redor. Aproximou-se do parapeito de uma das janelas e, com a ponta dos dedos, abriu uma fresta na fina cortina que cobria os vidros. O bosque estava mergulhado na neblina. As luzes do escritório de Lazarus, na extremidade da ala oeste, estavam acesas e dava para ver sua silhueta recortada contra a cálida luz dourada que oscilava atrás das cortinas. Um feixe de luz penetrou pela fresta na cortina e desenhou uma linha de claridade ao longo do quarto.

Dessa vez, a voz soou mais clara e próxima. Murmurava seu nome. Hannah enfrentou o quarto mergulhado na penumbra e pela primeira vez percebeu o brilho emitido por um pequeno frasco de cristal. Negro como obsidiana, o frasco estava guardado num pequeno nicho na parede, envolto numa gama de reflexos.

A menina caminhou lentamente até lá e examinou o frasco. À primeira vista, parecia um vidrinho de perfume, mas nunca tinha visto nenhum tão bonito quanto aquele, com o cristal tão lindamente trabalhado. Uma tampa em forma de prisma emanava um arco-íris a seu redor. Hannah sentiu um desejo irrefreável de pegar aquele objeto, de acariciar com os dedos as linhas perfeitas do cristal.

Com muito cuidado, pegou o frasco com as duas mãos. Era mais pesado do que esperava, e o cristal tinha um toque gelado, quase doloroso ao contato com a pele. Levantando a garrafinha na altura dos olhos, tentou ver o que havia lá dentro. Tudo o que seus olhos viam era uma escuridão impenetrável. No entanto, na contraluz, Hannah teve a impressão de que alguma coisa se mexia no interior. Um espesso líquido negro, talvez um perfume...

Seus dedos trêmulos pegaram a tampa em forma de prisma. Algo se agitou dentro do frasco. Hannah hesitou um instante. Mas a perfeição daquele objeto parecia prometer a fragrância mais inebriante que se podia imaginar. Girou a tampa lentamente. A substância negra se agitou de novo, mas ela não deu atenção. Finalmente, a tampa cedeu.

Um som indescritível, o gemido de um gás escapando sob pressão, inundou o quarto. Em apenas um segundo, uma massa negra se espalhou no ar a partir da boca do frasco, como uma mancha de tinta num tanque. Hannah sentiu suas mãos tremerem. Aquela voz sussurrante a envolveu, e quando voltou a olhar para o frasco, viu que o cristal era transparente e que aquilo que estava preso lá dentro tinha escapado graças a ela. A menina deixou o frasco de novo em seu lugar. Sentiu uma corrente de ar frio percorrer o quarto, apagando as velas uma a uma. À medida que a escuridão ganhava o quarto, uma nova presença ficou visível nas trevas. Uma silhueta impenetrável cobria as paredes, pintando-as de negro.

Uma sombra.

Hannah retrocedeu devagar até a porta. Suas mãos trêmulas pousaram na maçaneta atrás dela. Abriu a porta devagar e, sem tirar os olhos do escuro, começou a sair do quarto apressadamente. Alguma coisa avançava em sua direção, podia sentir.

A menina puxou a maçaneta para fechar o quarto e um dos relevos da porta prendeu numa correntinha que tinha no pescoço. Simultaneamente, um som grave e arrepiante ressoou às suas costas, o silvo de uma grande serpente. Hannah sentiu lágrimas de terror deslizarem por seu rosto. A correntinha arrebentou, liberando seu pescoço, e a menina ouviu a medalha caindo na escuridão. Livre, Hannah olhou para o túnel de sombras que se abria diante dela. Numa das extremidades, a porta que leva às escadarias da ala posterior estava aberta. O silvo fantasmagórico soou de novo. Mais próximo. Hannah correu até o início da escadaria. Segundos depois, identificou o som da maçaneta girando no escuro. Dessa vez, o pânico arrancou um grito de sua garganta e a menina se precipitou escada abaixo.

O percurso até o térreo parecia infinito. Hannah descia de três em três degraus, ofegante, tentando não perder o equilíbrio. Quando chegou à porta que dava para a parte de trás do jardim de Cravenmoore, seus tornozelos e joelhos estavam cheios de marcas, mas mal percebia a dor. A adrenalina acendia um rio de pólvora em suas veias, empurrando-a para a frente. A porta, que nunca era usada, estava fechada. Hannah bateu com o cotovelo no vidro e abriu pelo lado de fora. Só sentiu o corte no antebraço quando chegou às sombras do jardim.

Correu até o início do bosque. O ar fresco da noite batia em suas roupas empapadas de suor frio, grudando-as no corpo. Antes de pegar a trilha que cruzava o bosque de Cravenmoore, Hannah se virou para a casa. Esperava ver seu perseguidor atravessando as sombras do jardim. Não havia rastro da aparição. Respirou fundo. O ar frio queimava sua garganta, cravando uma ponta aguda em seus pulmões. Estava pronta para recomeçar a corrida quando viu uma silhueta grudada na fachada de Cravenmoore. Um rosto se materializou na mancha negra e a sombra desceu deslizando entre as gárgulas como uma gigantesca aranha.

Hannah saiu correndo pelo labirinto de escuridão que atravessava o bosque. A luz sorria agora no claro entre as nuvens e tingia a neblina de azul. O vento embalava as vozes sussurrantes de mil folhas a seu redor. As árvores esperavam sua passagem como fantasmas petrificados, seus galhos eram braços munidos de garras ameaçadoras. Correu desesperadamente para a luz que a guiava para o fim daquele túnel fantasma, uma porta de claridade que parecia ficar mais distante quanto maior era seu esforço para alcançá-la.

Um estrondo no meio do matagal inundou o bosque. A sombra estava atravessando a vegetação, destroçando tudo por onde passava, como uma broca abrindo caminho até ela. Sua garganta sufocou um grito. Os galhos e o mato tinham aberto dezenas de cortes em suas mãos, seus braços, seu rosto. O cansaço atingia sua alma como um martelo, enevoando seus sentidos, sussurrando em sua mente que se entregasse, que deitasse para esperar... Mas ela tinha que continuar. Tinha que escapar daquele lugar. Mais alguns metros e estaria na estrada para a cidadezinha. Com certeza, encontraria algum carro, alguém que desse uma carona, que a ajudasse. Sua salvação estava a poucos segundos dali, além dos limites do bosque.

As luzes distantes de um carro contornando a Praia do Inglês varreram as trevas do bosque. Hannah levantou e gritou por socorro. Às suas costas, um turbilhão atravessou o matagal e ergueu-se entre as copas das árvores. Hannah levantou os olhos para a cúpula de galhos que velavam a face da lua. Lentamente, a sombra abriu toda a sua extensão. Ela só deixou escapar um último gemido. Descendo como uma chuva de alcatrão, a sombra abateu-se sobre Hannah desde as alturas. A menina fechou os olhos e evocou o rosto de sua mãe, sorridente e faladeira.

Pouco depois, sentiu o hálito frio da sombra em seu rosto.

5. UM CASTELO ENTRE A NEBLINA

O veleiro de Ismael surgiu pontualmente no meio da névoa que acariciava a superfície da baía. Irene e sua mãe, sentadas tranquilamente na varanda, degustando uma xícara de café com leite, trocaram um olhar.

— Nem preciso dizer... — começou Simone.
— Nem precisa — respondeu Irene.
— Quando foi a última vez que eu e você falamos de homens? — perguntou a mãe.
— Quando fiz 7 anos e nosso vizinho Claude me convenceu a trocar minha saia pelas calças dele.
— Está vendo!
— Só tinha 5 anos, mamãe.
— Se são assim aos 5, imagine aos 15.
— Dezesseis.

Simone suspirou. Dezesseis anos, meu Deus! Sua filha planejava fugir com um velho lobo do mar.

— Então estamos falando de um adulto.
— Só tem um ano e pouco mais que eu. Como é que fico?
— Você é uma pirralha.

Irene sorriu pacientemente para a mãe. Simone Sauvelle não teria futuro como sargento.

— Pode ficar tranquila, mamãe. Sei o que faço.

— É isso que me dá medo.

O veleiro atravessou a entradinha da enseada e Ismael acenou do barco. Simone ficou observando o rapaz com uma sobrancelha levantada em sinal de alerta.

— Por que não sobe para ser apresentado?

— Mamãe...

Simone fez que sim. De todo modo, não tinha esperança de que aquele estratagema desse certo.

— Tem alguma coisa que preciso dizer? — ofereceu Simone, praticamente batendo em retirada.

Irene deu um beijo em seu rosto.

— Pode desejar-me um bom-dia.

Sem esperar resposta, Irene correu até o cais. Simone viu sua filha dar a mão àquele estranho (que, a seus olhos desconfiados, nada tinha de menino) e embarcar no veleiro. Quando Irene virou para acenar, sua mãe forçou um sorriso e devolveu o aceno. Ela viu os dois partirem sob um sol resplandecente e tranquilizador. Sobre o teto da varanda, uma gaivota, talvez outra mãe em crise, olhava para ela com resignação.

— Não é justo — disse ela à gaivota. — Quando nascem, ninguém avisa que vão fazer as mesmas coisas que a gente fez nessa idade.

A ave, sem dar bola para o seu discurso, seguiu o exemplo de Irene: bateu asas e voou. Simone sorriu diante de sua própria ingenuidade e preparou-se para voltar a Cravenmoore. O trabalho cura tudo, pensou com seus botões.

* * *

Em algum momento da travessia, a margem distante se transformou numa linha branca estendida entre o céu e a terra. O vento leste inflava as velas do *Kyaneos* e a proa do veleiro abria caminho num manto cristalino de reflexos cor de esmeralda, através do qual dava para ver o fundo. Irene, cuja única experiência anterior a bordo de um barco era a travessia de dias atrás, contemplava boquiaberta a hipnótica beleza da baía vista daquela nova perspectiva. A Casa do Cabo tinha se reduzido a uma mosquinha branca entre as rochas, e as fachadas de cores vivas da cidade piscavam entre os reflexos que vinham do mar. A distância, o final de uma tempestade cavalgava para o horizonte. Irene fechou os olhos e ficou ouvindo o som do mar a seu redor; quando abriu de novo, tudo continuava lá. Era real.

Depois de acertar o rumo, Ismael tinha pouco a fazer além de contemplar Irene, que parecia sob o efeito de um encantamento marinho. Com metodologia científica, começou a observação pelos tornozelos, subindo lenta e conciencienciosamente até parar no ponto em que a saia escondia, com inusitada petulância, a metade superior das coxas da moça. Começou então a avaliar a feliz distribuição de suas costas esbeltas. O processo prolongou-se por um lapso indefinido de tempo até que, de repente, seus olhos pousaram nos de Irene e Ismael percebeu que sua inspeção não tinha passado despercebida.

— Em que está pensando? — perguntou ela.

— No vento — mentiu impecavelmente Ismael. — Está mudando, virando para o sul. Costuma ser sinal de tempestade. Achei que gostaria de dar a volta no cabo. A vista é espetacular.

— Que vista? — perguntou inocentemente Irene.

Agora não tinha mais dúvida: Irene estava zombando dele. Passando por cima das ironias de sua passageira, Ismael levou o veleiro até a ponta da corrente que bordejava o recife a uma milha do cabo. Assim que passaram aquela fronteira, seus olhos contemplaram a imensa claridade da longa praia deserta e selvagem que se estendia até a neblina que envolvia o monte Saint Michel, um castelo despontando entre a bruma.

— Essa é a Baía Negra — explicou Ismael. — Tem esse nome porque suas águas são muito mais profundas do que em Baía Azul, que é basicamente um banco de areia de 7 ou 8 metros de profundidade. Um varadouro.

Toda aquela terminologia náutica era grego para Irene, mas a rara beleza que emanava daquela paisagem deixava sua nuca arrepiada. Seu olhar percebeu uma espécie de furo na rocha, uma goela aberta para o mar.

— Essa é a laguna — disse Ismael. — É um oval fechado para a corrente e ligado ao mar por um canal muito estreito. Do outro lado fica a Cova dos Morcegos. É esse túnel que penetra na rocha, viu? Dizem que, em 1746, uma tempestade empurrou um galeão pirata para dentro dela. Os restos do barco e dos piratas ainda estão lá.

Irene fez uma careta cética. Ismael podia até ser um bom capitão, mas em matéria de mentira era um simples grumete.

— É verdade — insistiu Ismael. — Costumo mergulhar lá de vez em quando. A cova penetra na rocha e não tem fim.

— Não quer me levar? — perguntou Irene, fingindo que acreditava na história absurda do corsário fantasma.

Ismael ficou vermelho. Aquilo soava à continuidade. A compromisso. Numa palavra, a perigo.

— Está cheia de morcegos. Por isso o nome... — avisou o rapaz, incapaz de encontrar um argumento mais convincente.

— Adoro morcegos. Ratinhos voadores... — devolveu ela, decidida a não largar o pé dele.

— Quando quiser, então — disse Ismael, abaixando a guarda.

Irene sorriu calidamente. Aquele sorriso tirava Ismael do sério. Durante alguns segundos, não sabia se o vento estava soprando do norte ou se a quilha era uma especialidade da arte culinária. E o pior era que Irene parecia saber disso. Hora de mudar de rumo. Num golpe de timão, Ismael fez uma curva quase completa, ao mesmo tempo que virava a vela maior, tombando o veleiro até Irene sentir a superfície do mar acariciar sua pele. Uma língua de frio. A moça riu entre gritos. Ismael sorriu. Ainda não sabia muito bem o que tinha visto nela, mas de uma coisa tinha certeza: não conseguia tirar os olhos dela.

— Rumo ao farol — anunciou.

Segundos mais tarde, cavalgando a corrente com a mão invisível do vento às costas, o *Kyaneos* deslizou como uma flecha sobre a crista do recife. Ismael sentiu Irene pegar sua mão. O veleiro chispava, mal tocando a água. Um rastro de espuma branca desenhava guirlandas atrás deles. Irene olhou para Ismael e viu que ele também a estava fitando. Por um instante, os olhos dele se perderam nos dela e Irene sentiu que ele apertava sua mão. O mundo nunca tinha estado tão distante.

No meio da manhã daquele dia, Simone Sauvelle cruzou as portas da biblioteca pessoal de Lazarus Jann, que ocupava uma imensa sala ovalada no coração de Cravenmoore. Um universo infinito de livros subia numa espiral babilônica até uma claraboia de vidro colorido. Milhares de mundos desconhecidos e misteriosos convergiam para aquela catedral de livros. Por alguns segundos, Simone ficou olhando boquiaberta para aquela visão, o olhar preso na neblina evanescente que subia dançando até a abóbada. Demorou quase dois minutos para perceber que não estava sozinha.

Uma figura vestida com simplicidade ocupava uma escrivaninha iluminada por um raio de luz que caía verticalmente da claraboia. Ao ouvir seus passos, Lazarus virou-se e, fechando o livro que estava consultando, um velho volume de aparência centenária encadernado em couro preto, sorriu amavelmente. Um sorriso cálido e contagioso.

— Ah, madame Sauvelle. Bem-vinda a meu pequeno refúgio — disse se levantando.

— Não queria interromper...

— Ao contrário, fico contente com isso — disse Lazarus. — Queria falar com a senhora sobre uma encomenda de livros à livraria Arthur Francher...

— Arthur Francher, em Londres?

O rosto de Lazarus se iluminou.

— Conhece?

— Meu marido costumava comprar livros lá, quando viajava. Burlington Arcade.

— Sabia que não poderia ter escolhido ninguém melhor para esse trabalho — disse Lazarus, deixando Simone toda vermelha. — Que tal conversarmos tomando um cafezinho? —, convidou.

Simone concordou timidamente. Lazarus sorriu de novo e devolveu o grosso volume que estava em suas mãos a seu lugar, entre centenas de outros semelhantes. Simone ficou observando enquanto ele fazia isso e seus olhos não puderam deixar de ler o título gravado à mão na lombada. Uma única palavra, desconhecida e inidentificável:

Doppelgänger

Pouco antes do meio-dia, Irene divisou a ilhota do farol à proa. Ismael resolveu dar a volta para depois fazer a manobra de aproximação e atracar na pequena enseada que a ilha, rochosa e arisca, oferecia. Agora, graças às explicações de Ismael, Irene estava mais versada nas artes de navegação e na física elementar dos ventos. Assim, segundo suas instruções, conseguiram controlar o empuxo da corrente e deslizar pelo corredor de rochas que conduzia ao velho cais do farol.

A ilha era apenas um pedaço de rocha desolada que emergia na baía. Uma colônia considerável de gaivotas fazia ninho por ali. Algumas delas observavam os intrusos com certa curiosidade. O resto saiu voando. No percurso, Irene viu antigas cabanas de madeira carcomidas por décadas de temporais e abandono.

O farol em si era uma torre esbelta, coroada por uma lanterna de prismas, que se erguia sobre uma casinha de um andar apenas: a velha moradia do faroleiro.

— Além de mim, das gaivotas e de um ou outro caranguejo, ninguém vem aqui há anos — disse Ismael.

— Sem contar o fantasma do navio pirata — cutucou Irene.

O jovem conduziu o veleiro até o cais e desembarcou para amarrar o cabo de proa. Irene seguiu seu exemplo. Assim que o *Kyaneos* ficou preso com segurança, Ismael pegou uma cesta de comida que sua tia tinha preparado na convicção de que não se pode abordar uma senhorita com o estômago vazio e de que era preciso atender aos instintos por ordem de prioridade.

— Venha. Se gosta de histórias de fantasmas, vai gostar daqui.

Ismael abriu a porta da casa do farol e fez um gesto convidando Irene a entrar. A moça penetrou na velha residência e sentiu como se acabasse de voltar duas décadas para o passado. Tudo estava intacto, sob uma capa de névoa formada pela umidade de anos e anos. Dezenas de livros, objetos e móveis permaneciam intactos, como se um fantasma tivesse carregado o faroleiro durante a madrugada. Irene olhou para Ismael fascinada.

— Espere até ver o farol — disse ele.

O jovem pegou sua mão e a puxou até a escada em caracol que subia para a torre do farol. Irene tinha a sensação de ser uma intrusa naquele lugar parado no tempo e, ao mesmo tempo, uma aventureira prestes a desvendar um estranho mistério.

— O que houve com o faroleiro?

Ismael levou um tempo para responder.

— Numa noite, entrou no barco e deixou a ilha. Não se preocupou nem em levar suas coisas.

— Por que faria uma coisa dessas?

— Ele nunca disse — respondeu Ismael.

— E o que você acha?

— Que foi por medo.

Irene engoliu em seco e olhou por cima de seu ombro, esperando encontrar de uma hora para outra com aquela mulher afogada, subindo como um demônio de luz pela escada em caracol, as garras estendidas para ela, o rosto branco feito cal e dois círculos negros ao redor dos olhos brilhantes.

— Não tem ninguém aqui, Irene. Só você e eu — disse Ismael.

A moça concordou, não muito convencida.

— Só gaivotas e caranguejos, não é?

— Exato.

A escada ia dar na plataforma do farol, uma guarita no topo da ilha, de onde se via toda a Baía Azul. Os dois saíram. A brisa fresca e a luz resplandecente apagavam todos os ecos fantasmagóricos que o interior do farol tinha evocado. Irene respirou profundamente e deixou que aquela vista, que só podia ser contemplada de lá, a enfeitiçasse.

— Obrigada por me trazer aqui — murmurou.

Ismael fez que sim, desviando os olhos nervosamente.

— Gostaria de comer alguma coisa? Estou morrendo de fome — anunciou.

Dito e feito: os dois sentaram na beira da plataforma do farol e, com as pernas balançando no vazio, trataram de dar cabo das delícias que a cesta ocultava. Nenhum dos dois estava com muita fome, mas comer mantinha mãos e mentes ocupadas.

Ao longe, a Baía Azul dormia sob o sol da tarde, alheia ao que podia acontecer naquela ilhota afastada do mundo.

Três xícaras de café e uma eternidade depois, Simone ainda estava em companhia de Lazarus, ignorando a passagem do tempo. O que começou como uma simples conversa amistosa tinha se transformado num longo e profundo diálogo sobre livros, viagens e lembranças antigas. Depois de algumas horas, tinha a sensação de que conhecia Lazarus da vida toda. Pela primeira vez em meses, ela se viu desenterrando as dolorosas recordações dos últimos dias de vida de Armand e experimentando uma grata sensação de alívio com o desabafo. Lazarus ouvia com atenção e respeitoso silêncio. Sabia quando desviar a conversa, quando deixar as lembranças fluírem livremente.

Era difícil pensar em Lazarus como seu patrão. A seus olhos, o fabricante de brinquedos era antes um amigo, um bom amigo. À medida que a tarde avançava, Simone percebeu, apesar do remorso e de uma vergonha quase infantil, que, em outras circunstâncias, em outra vida, aquela rara comunhão entre os dois podia se transformar na semente de uma coisa maior. A sombra de sua viuvez e a lembrança flutuavam dentro dela como vestígios de um temporal, assim como a presença invisível da esposa doente de Lazarus impregnava a atmosfera de Cravenmoore. Testemunhas invisíveis na escuridão.

Aquelas horas de simples conversação foram suficientes para que lesse nos olhos do fabricante de brinquedos que pensamentos idênticos cruzavam sua mente. Mas leu também que o compromisso com a esposa era eterno e que o futuro reservava para eles apenas a perspectiva de uma simples amizade. Uma amizade profunda. Uma ponte invisível erguida entre dois mundos separados por oceanos de recordações.

Uma luz dourada que anunciava o crepúsculo inundou o escritório de Lazarus, estendendo uma rede de reflexos avermelhados entre os dois. Lazarus e Simone olharam-se em silêncio.

— Posso fazer uma pergunta pessoal, Lazarus?

— Claro.

— Por que quis ser fabricante de brinquedos? Meu falecido marido era engenheiro, e dos bons. Mas seu trabalho demonstra um talento revolucionário. E não estou exagerando; você sabe disso melhor do que eu. Por que brinquedos?

Lazarus sorriu silenciosamente.

— Não é obrigado a responder — comentou Simone.

Ele levantou e caminhou lentamente até o parapeito da janela. A luz dourada tingiu sua silhueta.

— É uma longa história — começou. — Quando eu era menino, minha família vivia no antigo distrito de Les Gobelins, em Paris. Você deve conhecer a área, um bairro pobre e cheio de velhos prédios escuros e insalubres. Uma cidadela fantasmagórica e cinzenta, de ruas estreitas e miseráveis. Naquele tempo, a situação era muito pior do que você deve lembrar, se isso é possível. Morávamos num pequeno apartamento num velho edifício da rue des Gobelins. Parte da fachada era sustentada por escoras, pois ameaçava desabar, mas nenhuma das famílias que moravam ali tinha condições de mudar para uma área mais habitável do bairro. Como é que meus três irmãos e eu, meus pais e meu tio Luc cabíamos no apartamento é um mistério. Mas estou fugindo do assunto...

"Eu era um menino solitário. Sempre fui. A maioria dos meninos da rua se interessava por coisas que eu achava chatas e, em troca, as coisas que me interessavam não despertavam nenhum interesse em ninguém que eu conhecesse. Tinha aprendido a ler — um milagre — e a maioria dos meus amigos eram livros. Isso até seria um motivo de preocupação para minha mãe, se ela não tivesse problemas mais urgentes em casa. Minha mãe sempre acreditou na ideia de que uma infância saudável era correr pelas ruas aprendendo a imitar usos e costumes das pessoas que nos cercam.

"Meu pai se limitava a esperar que meus irmãos e eu tivéssemos idade suficiente para trazer um salário para casa.

"Outros não tinham tanta sorte. Em nosso prédio vivia um menino da minha idade chamado Jean Neville. Jean e a mãe, viúva, moravam num apartamentinho mínimo no andar térreo, ao lado do vestíbulo. O pai dele tinha morrido alguns anos antes em consequência de uma doença química contraída na fábrica de azulejos onde trabalhou a vida inteira. Uma coisa bastante comum, aliás. Soube disso tudo porque acabei sendo o único amigo que Jean teve no bairro. Sua mãe, Anne, não o deixava sair do edifício e do pátio interno. Sua casa era sua prisão.

"Anne Neville tinha dado à luz, oito anos antes, filhos gêmeos no velho hospital de Saint Christian, em Montparnasse. Jean e Joseph. Joseph nasceu morto. Durante os oito anos de sua vida, Jean tinha aprendido a viver sob a sombra da culpa por ter matado o irmão ao nascer. Pelo menos era o que pensava. Anne se encarregava de lembrar sempre, a cada dia de sua existência, que seu irmão tinha nascido sem vida por culpa sua e que, se não fosse isso, agora haveria um menino maravilhoso em seu lugar. Nada do que fizesse ou dissesse era suficiente para conquistar o afeto de sua mãe.

"É claro que Anne Melville dispensava ao filho as mostras habituais de carinho quando estavam em público. Mas na solidão daquele apartamento, a realidade era outra. Anne não se cansava de repetir: Jean era um preguiçoso, um relaxado. Suas notas na escola eram lamentáveis. Suas qualidades, mais que duvidosas. Seus movimentos, desajeitados. Sua existência era, em suma, uma maldição. Joseph, por sua vez, teria sido um menino adorável, estudioso, carinhoso... tudo aquilo que ele jamais seria.

"Não demorou para que o pequeno Jean compreendesse que era ele quem devia ter morrido naquele quarto tenebroso do hospital, oito anos antes. Estava ocupando o lugar de outro. Todos os brinquedos que Anne tinha guardado para seu futuro filho foram parar no fogo das caldeiras uma semana depois da volta do hospital. Jean nunca teve um brinquedo. Eram proibidos, ele não merecia.

"Numa noite em que o menino acordou gritando num pesadelo, a mãe sentou em sua cama e perguntou o que havia. Aterrorizado, Jean contou que sonhou com uma sombra, um espírito maligno que o perseguia ao longo de um corredor interminável. A resposta de Anne foi clara. Aquele sonho era um sinal. A sombra de seus sonhos era o reflexo de seu irmão que pedia vingança. Ele tinha que fazer um esforço para ser um filho melhor, para obedecer mais à mãe, para não questionar suas palavras ou ações. Do contrário, a sombra o arrastaria para o inferno. Com essas palavras, levou o filho até o porão, onde ficaria trancado, sozinho, durante 12 horas para pensar sobre o que tinha acontecido. Essa foi sua primeira prisão.

"Um ano depois, na tarde em que o pequeno Jean me contou tudo isso, fiquei sinceramente horrorizado. Queria ajudar meu amigo, confortá-lo, compensar de algum jeito a miséria em que vivia. Minha única ideia foi pegar as moedas que tinha juntado nos últimos meses em meu cofrinho e ir à loja de brinquedos de monsieur Giradot. Meu capital não dava para grandes coisas e só consegui uma velha marionete, um anjo de papelão com fios que permitiam manipulá-lo. Embrulhei em papel brilhante e, no dia seguinte, esperei que Anne Neville saísse para as compras e bati na porta dizendo que era eu, Lazarus. Jean abriu, entreguei o pacote dizendo que era um presente e fui embora.

"Passei três semanas sem vê-lo, esperando que Jean estivesse desfrutando do presente, já que eu ia demorar muito tempo para juntar de novo aquele dinheiro. Soube depois que o anjo de trapos e papelão não durou mais que um dia. Anne encontrou o presente e queimou-o. Quando perguntou ao filho onde tinha arranjado aquilo, Jean disse, para não me envolver, que tinha feito com as próprias mãos.

"E o castigo foi muito mais terrível. Fora de si, Anne levou o filho para o porão e trancou o menino lá dentro, dizendo que dessa vez a sombra viria atrás dele no escuro e que o levaria para sempre.

"Jean Neville passou uma semana inteira trancado. Sua mãe se envolveu numa briga no mercado Les Halles e foi presa pela polícia, junto com vários outros, numa cela comum. Quando foi solta, ficou vagando pelas ruas durante vários dias.

"Quando finalmente voltou, encontrou a casa vazia e a porta do porão trancada por dentro. Alguns vizinhos ajudaram a derrubá-la. O porão estava deserto. Não havia sinal de Jean em lugar nenhum..."

Lazarus fez uma pausa. Simone guardou silêncio, esperando que o fabricante de brinquedos acabasse sua história.

— Jean Neville nunca mais foi visto no bairro. Todos que ficaram sabendo da história imaginaram que o menino tinha fugido por algum buraco do porão e tratado de colocar a maior distância possível entre ele e sua mãe. Acho que foi o que aconteceu, mas se alguém perguntasse à mãe, que passou semanas, meses, chorando desconsoladamente a perda do menino, tenho certeza de que responderia que foi levado pela sombra... Mas eu disse no começo que fui o único amigo de Jean Neville. Seria mais justo dizer o contrário: ele foi meu único amigo. Anos depois, prometi a mim mesmo que, no que estivesse ao meu alcance, nunca mais nenhuma criança ficaria sem um brinquedo. Nenhuma criança viveria o pesadelo que atormentou a infância de meu amigo Jean. Até hoje me pergunto onde estará, se ainda vive. Mas penso que vai achar essa explicação um pouco estranha...

— Absolutamente — respondeu ela, o rosto escondido nas sombras.

Simone saiu para a luz e esboçou um amplo sorriso para receber Lazarus, que voltava da janela.

— Está ficando tarde — disse suavemente o fabricante de brinquedos. — Preciso ir ver minha esposa.

Simone fez que sim.

— Muito obrigado pela companhia, madame Sauvelle — disse Lazarus, retirando-se silenciosamente do quarto.

Ela ficou olhando ele ir e respirou profundamente. A solidão traça estranhos labirintos.

O sol começava a declinar sobre a baía e os prismas do farol espalhavam centelhas âmbar e escarlate sobre o mar. A brisa estava mais fresca e o céu era azul-claro pontilhado por algumas nuvens que viajavam perdidas como zepelins de algodão branco. Irene estava em silêncio, levemente reclinada sobre o ombro de Ismael.

O jovem deixou que o braço deslizasse devagar até envolver seus ombros. Ela ergueu os olhos. Seus lábios estavam entreabertos e tremiam imperceptivelmente. Ismael sentiu um formigamento no estômago e um leve compasso nos ouvidos. Era o próprio coração, martelando a toda velocidade. Paulatinamente, os lábios dos dois se aproximaram com timidez. Irene fechou os olhos. Agora ou nunca, parecia sussurrar uma voz dentro de Ismael, que escolheu a opção agora e deixou que sua boca acariciasse os lábios de Irene. Os dez segundos seguintes duraram dez anos.

Mais tarde, quando sentiram que não existiam mais fronteiras entre eles, que cada olhar e cada gesto era uma palavra de uma linguagem que só eles podiam entender, Irene e

Ismael ficaram abraçados em silêncio no alto do farol. E se dependesse deles, ficariam assim até o dia do Juízo Final.

— Onde gostaria de estar dentro de dez anos? — perguntou Irene de repente.

Ismael parou para pensar na resposta. Não era fácil.

— Boa pergunta. Não sei.

— O que gostaria de fazer? Seguir os passos de seu tio no barco?

— Não acho que seja uma boa ideia.

— O que então? — insistiu ela.

— Sei lá, acho que é bobagem...

— O que é bobagem?

Ismael mergulhou num longo silêncio. Irene esperou pacientemente.

— Séries radiofônicas. Gostaria de escrever séries para o rádio — disse Ismael finalmente.

Pronto. Tinha falado.

Irene sorriu. Outra vez aquele sorriso indefinível e misterioso.

— Que tipo de série?

Ismael examinou-a cuidadosamente. Não tinha falado desse assunto com ninguém e não se sentia seguro para fazer isso agora. Talvez fosse melhor recolher as velas e voltar ao porto.

— De mistério — disse finalmente, hesitante.

— Mas pensei que não acreditasse em mistérios.

— Não é preciso acreditar para escrever sobre eles — respondeu Ismael. — Faz tempo que coleciono recortes sobre um cara que escreve séries para o rádio. Um tal de Orson Welles. Podia tentar trabalhar com ele...

— Orson Welles? Nunca ouvi falar, mas suponho que não seja fácil chegar até ele. Já tem alguma ideia?

Ismael fez que sim, vagamente.

— Tem que prometer que não vai contar nada a ninguém.

Irene ergueu a mão solenemente. A atitude de Ismael parecia infantil, mas o assunto era interessante.

— Venha comigo.

Voltaram para a casa do faroleiro. Assim que chegou, Ismael foi até um cofre deixado num canto e abriu a tampa. Seus olhos brilhavam de excitação.

— Da primeira vez que vim aqui, estava mergulhando e descobri os restos do barco no qual dizem que a tal mulher se afogou há vinte anos — disse ele, num tom misterioso. — Lembra a história que contei?

— As luzes de setembro. A dama misteriosa desaparecida no meio do temporal... — recitou Irene.

— Isso. Adivinha o que encontrei junto com os destroços do barco?

— O quê?

Ismael enfiou a mão no cofre e tirou um livrinho com capa de couro, dentro de uma espécie de caixa metálica mais ou menos do tamanho de uma cigarreira.

— A água borrou algumas páginas, mas ainda dá para ler alguns pedaços.

— É um livro? — perguntou Irene, intrigada.

— Não, não é um simples livro — esclareceu ele. — É um diário. O diário dela.

O *Kyaneos* zarpou de volta para a Casa do Cabo um pouco antes do anoitecer. Um campo de estrelas se estendia sobre o manto azul que cobria a baía e a esfera sangrenta do sol mergulhava lentamente no horizonte, como um disco de ferro incandescente. Irene olhava Ismael pilotar o barco em silêncio. Ele virou, sorriu e voltou a olhar para as velas, atento à direção do vento que despertava no poente.

Antes dele, Irene tinha beijado dois rapazes. O primeiro era irmão de uma de suas amigas de escola e, mais do que qualquer outra coisa, foi um teste. Queria saber o que sentiria ao fazer aquilo. O segundo, Gerard, estava mais assustado do que ela e a tentativa não esclareceu suas dúvidas sobre o assunto. Beijar Ismael tinha sido diferente. Tinha sentido uma espécie de corrente elétrica percorrer seu corpo quando seus lábios roçaram os dele. Seu tato era diferente. Seu cheiro era diferente. Tudo nele era diferente.

E, diante de sua expressão pensativa, foi a vez de Ismael perguntar:

— Em que está pensando?

Irene fez uma cara enigmática, erguendo uma das sobrancelhas.

Ele deu de ombros e continuou pilotando o veleiro rumo ao cabo. Um bando de pássaros escoltou os dois até o cais no meio das pedras. As luzes da casa desenhavam raios dançantes sobre a pequena enseada. A distância, os reflexos da cidade traçavam uma trilha de estrelas no mar.

— Já é noite — observou Irene com certa preocupação. — Não vai acontecer nada com você, vai?

Ismael sorriu.

— O *Kyaneos* já sabe o caminho de cor. Não vai acontecer nada.

O veleiro encostou suavemente no cais. Os pios das aves nas pedras formavam um eco distante. Uma franja azul-escura coroava a linha ardente do crepúsculo no horizonte e a lua sorria entre as nuvens.

— Bem... já é tarde — começou Irene.
— É...
A moça saltou em terra.
— Vou levar o diário. Prometo tomar cuidado.
Ismael fez que sim. Irene deixou escapar um risinho nervoso.
— Boa noite.
Os dois se olharam na penumbra.
— Boa noite, Irene.
Ismael soltou as amarras.
— Queria ir à laguna amanhã. Pensei que talvez quisesse vir...
Ela concordou. A corrente já estava levando o veleiro.
— Venho pegar você aqui...
A silhueta do *Kyaneos* foi sumindo na penumbra. Irene ficou ali, vendo o barco se afastar até ser completamente engolido pela escuridão da noite. Em seguida, flutuando dois palmos acima do solo, encaminhou-se para a Casa do Cabo. Sua mãe esperava na varanda, sentada no escuro. Não precisava ter nenhum diploma de engenharia ótica para adivinhar que Simone tinha visto, e ouvido, tudo o que tinha acontecido no cais.
— Como foi seu dia? — perguntou.
Irene engoliu em seco. A mãe sorriu divertida.
— Pode me contar.
Irene sentou junto dela e deixou que a abraçasse.
— E o seu? — perguntou a moça. — Como foi para você?
Simone deixou escapar um suspiro, recordando a tarde em companhia de Lazarus.
Ficou abraçada à filha em silêncio e sorriu consigo mesma.

— Um dia estranho, Irene. Acho que estou ficando velha.

— Que bobagem!

A jovem fitou a mãe nos olhos.

— Alguma coisa errada, mamãe?

Simone sorriu debilmente e negou em silêncio.

— Sinto falta de seu pai — respondeu finalmente, enquanto uma lágrima deslizava por seu rosto até os lábios.

— Papai se foi — disse Irene. — Precisa deixá-lo partir.

— Não sei se quero.

Irene apertou a mãe nos braços, ouvindo Simone derramar suas lágrimas na escuridão.

6. O DIÁRIO DE ALMA MALTISSE

O dia seguinte amanheceu envolto num manto de neblina. As primeiras luzes da manhã surpreenderam Irene ainda mergulhada na leitura do diário emprestado por Ismael. O que tinha começado algumas horas antes como simples curiosidade cresceu durante a noite até se transformar numa obsessão. Desde a primeira linha embaçada pelo tempo, a caligrafia daquela dama misteriosa desaparecida nas águas da baía tinha revelado um enigma hipnótico, um hieróglifo sem solução que engoliu qualquer vestígio de sono.

... Hoje vi pela primeira vez o rosto da sombra. Ela me observava em silêncio desde a escuridão, ofuscante e imóvel. Sei perfeitamente o que havia naqueles olhos, que força a mantinha viva: o ódio. Pude sentir sua presença e soube que, cedo ou tarde, nossos dias nesse lugar vão se transformar num pesadelo. Nesse momento, eu me dei conta de toda a ajuda que ele precisa e de que, aconteça o que acontecer, não posso deixá-lo sozinho...

Página após página, a voz secreta daquela mulher parecia falar em sussurros, entregando as confidências e os segredos que tinham ficado escondidos e esquecidos durante anos. Seis horas depois de ter começado a leitura do diário, a dama desconhecida tinha se transformado numa espécie de amiga invisível, de voz encalhada na neblina que, na falta de outro consolo, tinha resolvido entregar a ela seus segredos, suas memórias e o enigma daquela noite que a levaria para os braços da morte nas frias águas da ilha do farol, da fatídica noite de setembro.

... Aconteceu de novo. Dessa vez foram as minhas roupas. Hoje de manhã, quando fui me vestir, encontrei a porta do armário aberta e todos os meus vestidos, os vestidos que ele me deu de presente durante todos esses anos, transformados em farrapos, destroçados como se tivessem sido cortados por mil punhais. Há uma semana foi o meu anel de noivado, que encontrei deformado e pisado no chão. Outras joias também desapareceram. Os espelhos do meu quarto estão rachados. Sua presença é mais forte a cada dia e sua raiva, mais palpável. A hora em que seus ataques deixarão de atingir minhas coisas para atingir minha pessoa é apenas uma questão de tempo. É a mim que odeia. É a mim que ela quer ver morta. Não há lugar para as duas neste local...

O amanhecer já tinha estendido um tapete cor de cobre sobre o mar quando Irene virou a última página. Por um instante pensou que nunca teve conhecimento de tanta coisa a respeito de uma pessoa. Nunca ninguém, nem sua própria mãe, tinha revelado todos os segredos de seu espírito diante dela com a sinceridade com que aquele diário desnudava os pensamentos daquela mulher que, ironicamente, era uma desconhecida. Uma mulher que tinha morrido anos antes de ela vir ao mundo.

... Não tenho ninguém com quem falar, ninguém a quem confessar o horror que invade minha alma dia após dia. Às vezes gostaria de voltar atrás, de refazer meus passos no tempo. É nessa hora que compreendo que meu medo e minha tristeza não podem se comparar com os dele, que ele precisa de mim e que, sem mim, sua luz se apagaria para sempre. Só peço a Deus que nos dê forças para sobreviver, para fugir do alcance da sombra que se fecha sobre nós. Cada linha que escrevo neste diário parece ser a última.

Sem conseguir definir o motivo, Irene descobriu que tinha vontade de chorar. Em silêncio, derramou suas lágrimas em lembrança da mulher invisível cujo diário tinha acendido uma luz dentro dela mesma. Sobre a identidade de sua autora, tudo o que o diário oferecia eram duas palavras no canto da primeira folha.

Alma Maltisse

Pouco depois, Irene descobriu a vela do *Kyaneos* rasgando a neblina rumo à Casa do Cabo. Pegou o diário e, quase na ponta dos pés, encaminhou-se para seu novo encontro com Ismael.

Em poucos minutos, o barco abriu caminho através da corrente que batia no extremo do cabo e entrou na Baía Negra. A luz da manhã esculpia silhuetas nas paredes dos penhascos que formavam uma boa parte da costa da Normandia: muros de rocha enfrentando o oceano. Os reflexos do sol sobre a água formavam centelhas ofuscantes de espuma e prata brilhante. O vento norte impulsionava o veleiro com força, a quilha cortando a superfície como uma adaga. Para Ismael, aquilo era simples rotina; para Irene, as mil e uma noites.

Aos olhos de uma marinheira de primeira viagem como ela, aquele espetáculo transbordante de luz e água parecia trazer a promessa invisível de mil aventuras e outros tantos mistérios que esperavam para ser revelados sob o manto do oceano. No timão, Ismael parecia especialmente sorridente e encaminhava o veleiro na direção da laguna. Irene, vítima agradecida do feitiço do mar, continuou a contar o que tinha averiguado em sua primeira leitura do diário de Alma Maltisse.

— É evidente que escrevia para si mesma — explicou a jovem. — É curioso, mas ela nunca fala de ninguém pelo nome. É como uma história de gente invisível.

— É incompreensível — comentou Ismael, que tempos atrás tinha abandonado a leitura simplesmente impossível do diário.

— De jeito nenhum — objetou Irene. — O problema é que para entender tem que ser mulher.

Os lábios de Ismael quase formaram uma resposta para aquela afirmativa de seu copiloto, mas, por algum motivo, seus pensamentos bateram em retirada.

Logo em seguida, o vento de popa conduziu o barco até a boca da laguna. Uma passagem estreita entre as pedras formava a entrada para um porto natural. As águas da laguna, de apenas três ou quatro metros de profundidade, eram um jardim de esmeraldas transparentes, e o fundo arenoso tremulava como um véu de gaze branca a seus pés. Irene contemplou boquiaberta o círculo de magia que o arco da laguna escondia em seu interior. Um cardume de peixes dançava sob o casco do *Kyaneos* como dardos de prata brilhando intermitentemente.

— É incrível — balbuciou Irene.

— É a laguna — esclareceu Ismael, mais prosaico.

Depois, enquanto ela continuava sob os efeitos da primeira visita àquelas paragens, o jovem aproveitou para arriar as velas e ancorar o veleiro. O *Kyaneos* balançava lentamente, uma folha na calma de uma piscina.

— E então, quer ver essa caverna ou não?

Tudo o que obteve como resposta foi um sorriso desafiante. Sem tirar os olhos dos seus, Irene tirou o vestido. As pupilas de Ismael ficaram do tamanho de um pires. Sua imaginação já tinha antecipado aquele espetáculo. Irene, vestida com um sucinto maiô, tão pequeno que sua mãe com certeza diria que nem era digno desse nome, sorriu diante da expressão de Ismael. Depois de deixá-lo tonto por mais alguns segundos com aquela visão, apenas o necessário para que recuperasse o fôlego, ela pulou na água e afundou no lençol de reflexos ondulantes. Ismael engoliu em seco: ou ele era lento ou aquela garota era rápida demais para ele. Sem pensar duas vezes, pulou atrás dela. Precisava mesmo de um banho.

Ismael e Irene nadaram até a boca da Cova dos Morcegos. O túnel penetrava na rocha, como uma catedral lavrada na pedra. Uma leve corrente vinha do interior e acariciava a pele sob a água. Lá dentro, a caverna se erguia em forma de abóbada ornamentada por centenas de longas colunas brancas que pendiam no vazio como lágrimas de gelo petrificadas. Os reflexos da água revelavam os mil e um recantos das pedras e o fundo arenoso ganhava uma fosforescência fantasmagórica, como um tapete de luz iluminando o interior.

Irene mergulhou e abriu os olhos embaixo d'água. Um mundo de reflexos fugidios dançava lentamente diante dela, povoado por criaturas estranhas e fascinantes. Pequenos peixes cujas escamas mudavam de cor conforme a direção da luz. Plantas coloridas sobre as pedras. Minúsculos caranguejos correndo sobre as areias submarinas. Irene ficou contemplando a fauna que povoava a caverna até ficar sem respiração.

— Se continuar assim, vai ganhar um rabo de peixe, feito uma sereia — disse Ismael.

Ela piscou o olho e beijou-o sob a claridade tênue da caverna.

— Já sou uma sereia — murmurou, penetrando na Cova dos Morcegos.

Ismael trocou um olhar com um estoico caranguejo que o encarava da parede rochosa. O olhar sábio do crustáceo não deixava a menor dúvida. Estavam debochando dele novamente.

Um dia completo de ausência, pensou Simone. Hannah não aparecia nem dava notícia fazia muitas horas. Simone ficou imaginando se seria apenas um problema disciplinar. Tomara que sim. Deixou o domingo passar à espera de notícias da jovem, pensando que devia ter ido à sua casa. Uma pequena indisposição. Um compromisso imprevisto. Qualquer explicação seria suficiente. Depois de horas de espera, resolveu enfrentar o dilema. Estava pegando o telefone para ligar para a casa da moça quando a campainha do telefone se antecipou a ela. A voz do outro lado parecia desconhecida e o modo como seu dono se identificou não serviu para tranquilizá-la.

— Bom dia, madame Sauvelle. Meu nome é Henri Faure. Sou o comissário-chefe da delegacia de Baía Azul — anunciou, cada palavra mais pesada que a anterior.

Um silêncio tenso se apoderou da linha.

— Madame? — chamou o policial.

— Estou ouvindo.
— Não é fácil para mim ter que dar essa notícia...

Dorian tinha dado por encerrado seu trabalho como mensageiro por aquele dia. As tarefas que Simone lhe confiou já estavam mais que cumpridas, e a perspectiva de uma tarde livre parecia promissora e refrescante. Quando chegou à Casa do Cabo, Simone ainda não tinha voltado de Cravenmoore e sua irmã Irene devia estar por aí, com aquela espécie de namorado que tinha arrumado. Depois de engolir dois copos de leite, um atrás do outro, a estranha sensação da casa sem mulheres pareceu meio esquisita. Estava tão acostumado com elas que, em sua ausência, o silêncio parecia inquietante.

Aproveitando que ainda restavam algumas horas de luz, Dorian resolveu explorar o bosque de Cravenmoore. Em pleno dia, tal como previu Simone, as silhuetas sinistras eram apenas árvores, arbustos e mato. Com isso em mente, o menino dirigiu-se para o coração do denso e labiríntico bosque que se estendia entre a Casa do Cabo e a mansão de Lazarus Jann.

Estava andando há dez minutos, meio sem rumo preciso, quando percebeu pela primeira vez o rastro de umas pegadas que penetravam no bosque desde o penhasco e desapareciam inexplicavelmente na entrada de uma clareira. O menino ajoelhou e apalpou as pegadas, ou melhor, as marcas confusas que afundavam no solo. A pessoa ou coisa que tinha deixado aquelas marcas pesava um bocado. Dorian examinou de novo o último grupo de pegadas no ponto em que sumiam. Se fosse acreditar nos indícios, o responsável pelas marcas tinha parado de caminhar naquela altura e evaporado.

Ergueu os olhos e examinou a rede de claros e sombras que se estendia nas copas das árvores de Cravenmoore. Um dos pássaros de Lazarus passou por entre a folhagem. O menino não conseguiu evitar um calafrio. Será que não havia um único animal vivo naquele bosque? A única presença visível eram aqueles seres mecânicos que apareciam e desapareciam nas sombras, sem que ninguém soubesse de onde vinham e para onde iam. Seus olhos continuaram a observar a trama do bosque e de repente notaram um profundo corte numa árvore próxima. Dorian chegou mais perto e examinou a marca no tronco. Algo tinha aberto uma ferida profunda na madeira. Lacerações semelhantes percorriam o tronco até a copa. O menino engoliu em seco e resolver sair dali rapidinho.

Ismael guiou Irene até uma pequena pedra plana que se erguia uns dois palmos acima da água, bem no centro da cova. Os dois deitaram para recuperar o fôlego. A luz que penetrava pela boca da cova refletia no interior produzindo uma curiosa dança de sombras na abóbada e nas paredes da gruta. A água ali parecia mais quente do que em mar aberto e produzia uma leve cortina de vapor.

— A cova tem outras entradas? — perguntou Irene.

— Tem mais uma, mas é perigosa. O único modo seguro de entrar e sair é por mar, pela laguna.

A moça contemplou o espetáculo de luzes incertas que revelava as entranhas da gruta. Aquele lugar tinha uma atmosfera envolvente e hipnótica. Por alguns segundos, Irene teve a impressão de estar no interior do salão de um palácio entalhado dentro da rocha, um lugar legendário que só podia existir em sonhos.

— É... mágico — disse.

Ismael fez que sim.

— Às vezes venho para cá e passo horas sentado nas pedras vendo a luz mudar de cor embaixo d'água. É meu santuário particular...

— Longe do mundo, não?

— Tão longe quanto é possível imaginar.

— Não gosta muito de gente, não é?

— Depende de quem é — respondeu ele com um sorriso nos lábios.

— É um elogio?

— Sem dúvida.

O jovem desviou os olhos e inspecionou a entrada da gruta.

— É melhor a gente ir agora. A maré já vai começar a subir.

— E daí?

— Quando a maré sobe, as correntes empurram a água para dentro da caverna, que fica inundada até o topo. É uma armadilha mortal. Você pode ficar preso e morrer afogado como uma ratazana.

De repente, a magia do lugar se misturou com a ameaça. Irene imaginou a cova enchendo de água gelada sem possibilidade de escapatória.

— Mas não tem pressa... — explicou Ismael.

Sem pensar duas vezes, Irene nadou até a saída e não parou até ver o sol sorrir de novo. Ele ficou olhando enquanto ela nadava velozmente e sorriu consigo. A garota tinha garra.

A travessia de volta transcorreu em silêncio. As páginas do diário ressoavam na mente de Irene como um eco que não queria desaparecer. Uma camada espessa de nuvens tinha coberto o céu e o sol estava escondido atrás delas. O mar tinha a cor metálica do chumbo. O vento tinha esfriado e Irene enfiou as roupas. Dessa vez, Ismael mal olhou enquanto ela se vestia, sinal de que estava perdido nos próprios pensamentos, fossem quais fossem.

O *Kyaneos* dobrou o cabo no meio da tarde e dirigiu a proa para a casa dos Sauvelle enquanto a ilha do farol mergulhava na neblina. Ismael guiou o veleiro até o cais e fez a manobra de amarração com sua perícia habitual, embora fosse evidente que sua cabeça estava a milhas daquele lugar.

Quando chegou a hora da despedida, Irene segurou a mão do jovem.

— Obrigada por me levar à cova — disse, saltando em terra.

— Você sempre agradece e não sei por quê... Obrigado a você por ter vindo.

Irene morria de vontade de perguntar quando se veriam de novo, mas seu instinto aconselhou mais uma vez que guardasse silêncio. Ismael soltou o cabo de proa e o *Kyaneos* se afastou na corrente.

Irene deu uma parada na escadaria de pedra do penhasco e ficou olhando o veleiro se afastar. Um bando de gaivotas o escoltava em seu caminho até as luzes do porto. Mais adiante, entre as nuvens, a lua estendia uma ponte de prata sobre o mar, guiando o veleiro de volta à cidadezinha.

Irene percorreu a escada de pedra exibindo nos lábios um sorriso que ninguém podia ver. Nossa, como gostava daquele cara!

Assim que entrou em casa, Irene notou que alguma coisa estava errada. Tudo arrumado demais, tranquilo demais, silencioso demais. As luzes da sala do andar térreo banhavam a penumbra azulada daquela tarde nublada. Sentado numa das poltronas, Dorian contemplava as chamas da lareira em silêncio. Simone, de costas para a porta, observava o mar pela janela da cozinha com uma xícara de café frio na mão. O único som era o murmúrio do vento acariciando o catavento do telhado.

Dorian e a irmã trocaram um olhar. Irene foi até a mãe e colocou a mão em seu ombro. Simone Sauvelle virou. Havia lágrimas em seus olhos.

A mãe lhe deu um abraço. Irene segurou suas mãos. Estavam frias. Tremiam.

— Foi Hannah — murmurou Simone.

Um longo silêncio. O vento arranhou as janelas da Casa do Cabo.

— Ela morreu — acrescentou.

Lentamente como um castelo de cartas, o mundo desabou ao redor de Irene.

7. UM CAMINHO DE SOMBRAS

A estrada que corria junto à Praia do Inglês refletia o crepúsculo e estendia uma serpentina de cobre até a cidade. Pedalando na bicicleta do irmão, Irene virou para olhar a Casa do Cabo. As palavras de Simone e o horror em seus olhos ao ver sua filha abandonar a casa correndo ao entardecer ainda pesavam sobre ela, mas a imagem de Ismael navegando rumo à notícia da morte de Hannah era mais forte do que qualquer remorso.

Simone tinha explicado que dois excursionistas haviam encontrado o corpo de Hannah perto do bosque algumas horas antes. A partir daquele instante, a notícia causou murmúrios, desolação e dor entre todos que tinham tido a sorte de conviver com aquela mocinha alegre e faladeira. Só sabiam que a mãe, Elisabet, sofreu uma crise nervosa ao saber dos fatos e que estava sob o efeito de sedativos administrados pelo dr. Giraud. E pouco mais que isso.

Os rumores acerca da uma antiga série de crimes que tinham abalado a vida local anos antes voltaram à superfície. Alguns viam naquela desgraça um retorno da macabra onda de assassinatos sem solução que aconteceram no bosque de Cravenmoore na década de 1920.

Outros preferiam esperar para ter mais informações sobre as circunstâncias que cercaram a tragédia. O vendaval de boatos, no entanto, não lançava nenhuma luz a respeito da possível causa da morte. Os dois excursionistas que toparam com o corpo ficaram horas prestando declarações nas dependências da delegacia, e dois legistas de La Rochelle estavam a caminho. Além disso, a morte de Hannah era um mistério.

Correndo o mais que podia, Irene chegou à cidade quando o disco do sol já tinha mergulhado completamente no horizonte. As ruas estavam desertas e as poucas silhuetas visíveis caminhavam em silêncio, como sombras sem dono. A jovem deixou a bicicleta perto de um velho poste que iluminava o início da rua onde ficava a casa dos tios de Ismael. Era uma construção simples e despretensiosa, um lar de pescadores junto à baía. A última demão de pintura revelava sua idade, e a cálida luz dos lampiões a óleo mostrava os traços de uma fachada lavrada pelo vento do mar e pela maresia.

Com um nó no estômago, Irene dirigiu-se para a entrada da casa, com medo de bater à porta. Com que direito ousava perturbar a dor da família numa hora daquelas? O que estava pensando, afinal?

Parou de repente, incapaz de retroceder, encalhada entre a dúvida e a necessidade de ver Ismael, de estar a seu lado num momento como aquele. Nesse exato momento, a porta se abriu e a silhueta redonda e severa do dr. Guiraud, o médico local, começou a descer para a rua. Por trás dos óculos, os olhos brilhantes do médico notaram a presença de Irene na penumbra.

— Você é a filha de madame Sauvelle, não é?

Ela fez que sim.

— Se veio ver Ismael, ele não está — explicou Giraud. — Quando soube da morte da prima, pegou o veleiro e partiu.

O médico viu o rosto da jovem ficar branco.
— É um bom marinheiro. Vai voltar.

Irene caminhou até a ponta do cais. A silhueta solitária do *Kyaneos* se recortava no meio da neblina, iluminado pela lua. A jovem sentou na beira do dique e ficou olhando o veleiro de Ismael rumar para a ilha do farol. Nada nem ninguém poderia mais resgatá-lo da solidão que tinha escolhido. Irene teve vontade de pegar um bote e ir atrás dele até os confins de seu mundo secreto, mas sabia que qualquer esforço seria inútil.

Percebendo que o verdadeiro impacto da notícia começava a abrir espaço em sua própria mente, Irene sentiu os olhos se encherem de lágrimas. Quando o *Kyaneos* sumiu na escuridão, pegou de novo a bicicleta e tomou o caminho de volta para casa.

Enquanto percorria a estrada da praia, imaginava Ismael sentado em silêncio na torre do farol, sozinho consigo mesmo. Recordou as incontáveis ocasiões em que tinha feito essa mesma viagem para dentro de si mesma e jurou que, não importa o que acontecesse, não ia deixar que Ismael se perdesse naquele caminho de sombras.

Naquela noite, o jantar foi breve. Um ritual de silêncios e olhares extraviados atuou como anfitrião, enquanto Simone e os filhos fingiam comer antes de partir cada um para o seu quarto. Quando deu 11 horas, nenhuma alma percorria os corredores e apenas uma lâmpada permanecia acesa em toda a casa: o abajur na cabeceira de Dorian.

Uma brisa fria penetrava pela janela aberta de seu quarto. Deitado na cama, Dorian ouvia as vozes fantasmagóricas do bosque, com o olhar perdido nas trevas. Um pouco antes da meia-noite, o menino apagou a luz e foi até a janela. Um mar escuro de folhas se agitava ao vento no matagal. Podia sentir sua presença rondando no escuro.

Por trás do bosque, desenhava-se a silhueta sinuosa de Cravenmoore com um retângulo dourado na última janela da ala norte. De repente, um halo dourado e pulsante brotou na mata. Luzes no bosque. As luzes de um farol ou de uma lanterna no matagal. O menino engoliu em seco. Um rastro de pequenos clarões surgia e sumia traçando círculos no interior do bosque.

Um minuto depois, enfiado num grosso suéter e com as botas de couro, Dorian deslizou escada abaixo na ponta dos pés e abriu com infinita delicadeza a porta da varanda. A noite era fria e o mar rugia na escuridão, ao pé do penhasco. Seus olhos seguiram o rastro desenhado pela luz, um caminho prateado que serpenteava até o interior do bosque. Um formigamento no estômago fez com que pensasse na cálida segurança de seu quarto. Dorian suspirou.

As luzes perfuravam a neblina como alfinetes brancos no limiar do bosque. O menino botou um pé na frente do outro e assim sucessivamente. Antes que se desse conta, já estava cercado pelas sombras do bosque e a Casa do Cabo, às suas costas, parecia distante, infinitamente distante.

Nem toda a escuridão, nem todo o silêncio do mundo seriam capazes de fazer Irene pegar no sono naquela noite. Finalmente, por volta de meia-noite, desistiu do sono e acendeu o pequeno abajur de sua mesinha de cabeceira. O diário de Alma Maltisse repousava junto ao pequeno medalhão que seu pai tinha lhe dado anos antes: a efígie de um anjo lavrada em prata. Irene pegou o diário e abriu de novo nas primeiras páginas.

A caligrafia fina e ondulante lhe deu boas-vindas. A folha, de um amarelado mortiço, parecia um campo de centeio agitando-se ao vento. Lentamente, enquanto seus olhos acariciavam linha após linha, Irene começou novamente a sua viagem pela memória secreta de Alma Maltisse.

Assim que virou a primeira página, o feitiço das palavras a levou para longe. Já não ouvia as ondas batendo nem o vento no bosque. Sua mente estava em outro mundo.

... À noite, ouvi quando brigaram na biblioteca. Ele gritava e suplicava que o deixasse em paz, que deixasse a casa para sempre, que não tinha nenhum direito de fazer o que estava fazendo com nossas vidas. Nunca esquecerei o som daquela risada, um uivo animal de raiva e ódio que explodiu atrás das paredes. O estrondo de milhares de livros voando das estantes foi ouvido em toda a casa. Sua fúria crescia cada vez mais. Desde o momento em que libertei essa besta de seu cativeiro, sua força só fez aumentar.

Ele monta guarda junto à minha cama todas as noites. Teme que, se me deixar sozinha um instante, a sombra venha atrás de mim. Faz dias que não revela os pensamentos que ocupam sua mente, mas nem é preciso. Não dorme há semanas. Cada noite é uma espera terrível e interminável. Coloca centenas de velas pela casa, tentando inundar de luz cada canto para evitar que a escuridão sirva de abrigo para a sombra. Seu rosto envelheceu dez anos em um mês.

Às vezes acho que a culpa é toda minha, que se eu desaparecesse, sua maldição desapareceria comigo. Talvez deva fazer exatamente isso, afastar-me dele e enfrentar meu encontro inevitável com a sombra. Só isso poderá nos dar paz. A única coisa que me impede de dar esse passo é que não suporto a ideia de deixá-lo. Sem ele, nada faz sentido. Nem a vida, nem a morte...

Irene ergueu os olhos do diário. O labirinto de dúvidas de Alma Maltisse parecia desconcertante e, ao mesmo tempo, inquietantemente próximo. A linha entre a culpa e o desejo de viver parecia tão fina e afiada quanto um punhal envenenado. Irene apagou a luz. A imagem não saía de sua mente. Um punhal envenenado.

Dorian penetrou no bosque seguindo o rastro das luzes que via brilhar entre a vegetação, reflexos que podiam vir de qualquer lugar daquele matagal. As folhas umedecidas pela neblina se transformavam num leque de miragens indecifráveis. O som dos próprios passos tinha se transformado num angustiante aviso a si mesmo. Por fim, respirou fundo e recordou seu objetivo: não ia sair dali até saber o que se ocultava naquele bosque. Isso é tudo, mais nada.

O menino parou na entrada da clareira onde tinha encontrado as pegadas na noite anterior. O rastro estava meio apagado, mal dava para ver. Aproximou-se do tronco lacerado e apalpou os cortes. A ideia de uma criatura subindo a toda velocidade pelas árvores, como um felino saído diretamente do inferno, penetrou em sua imaginação. Dois segundos depois, um estalido às suas costas avisou que alguém estava chegando perto. Alguém ou algo.

Dorian se escondeu no mato. Os galhos pontiagudos dos arbustos arranhavam como agulhas. Prendeu a respiração e rezou para que seu perseguidor não ouvisse as batidas do próprio coração como ele estava ouvindo naquele momento. Em pouco tempo, as luzes pulsantes que tinha visto de longe abriram caminho por entre o matagal, transformando a neblina flutuante numa brisa alaranjada.

Ouviu passos do outro lado dos arbustos e fechou os olhos, imóvel como uma estátua. Os passos pararam. Dorian sentiu falta de ar, mas, no que lhe dizia respeito, estava decidido a passar os próximos dez anos sem respirar. Finalmente, quando pensou que seus pulmões fossem explodir, duas mãos afastaram os ramos que o escondiam. Seus joelhos se transformaram em gelatina. A luz de uma lanterna cegou seus olhos. Depois de um intervalo que pareceu infinito para ele, o estranho largou a lanterna no chão e se ajoelhou diante dele. Um rosto vagamente familiar brilhava à sua frente, mas o pânico impedia que o reconhecesse.

— Ora, ora. Pode-se saber o que o senhor está fazendo por aqui? — disse a voz, serena e amável.

De repente, Dorian reconheceu que a pessoa diante dele era simplesmente Lazarus. Só então respirou.

Mas suas mãos ainda precisaram de uns bons 15 minutos para parar de tremer. Quando isso aconteceu, Lazarus colocou uma caneca de chocolate quente entre elas e sentou diante dele. Ele tinha levado Dorian para o galpão que ficava ao lado da fábrica de brinquedos. Ao chegar lá, começou a preparar as respectivas canecas de chocolate sem pressa alguma.

Enquanto os dois bebiam ruidosamente, observando-se por cima da caneca, Lazarus começou a rir.

— Você me deu um susto danado, menino — confessou.

— Se serve de consolo, não deve ter sido nada comparado com o que o senhor me deu — devolveu Dorian, sentindo o chocolate quente irradiar por todo o seu estômago numa cálida sensação de calma.

— Isso eu vi, sem dúvida — riu Lazarus. — Mas então me diga: o que estava fazendo lá fora?

— Vi luzes.

— Viu a minha lanterna. E por que saiu? À meia-noite? Por acaso já esqueceu o que houve com Hannah?

Dorian engoliu em seco, mas teve a impressão de que era uma bola de chumbo, das grandes.

— Não senhor.

— Certo. E não esqueça mesmo. É perigoso andar por aí no escuro. Há dias que tenho a impressão de que alguém anda rondando o bosque.

— Também viu as pegadas?

— Que pegadas?

Dorian relatou suas descobertas e seus temores em relação àquela estranha presença pressentida no bosque. No começo, pensou que não seria capaz, mas Lazarus inspirava a tranquilidade e a confiança necessárias para soltar sua língua. Enquanto o menino contava sua história, Lazarus ouvia com atenção, não sem esconder certa estranheza e até um outro sorriso diante dos detalhes mais fantásticos do relato.

— Uma sombra? — perguntou depois, sobriamente.

— Não está acreditando numa única palavra do que disse, não é? — destacou Dorian.

— Não, não. Acredito ou, pelo menos, tento acreditar. Mas você deve concordar que essa história é um pouco... peculiar — disse Lazarus.

— Mas o senhor também viu alguma coisa, senão não estaria no bosque. Não é verdade?

Lazarus sorriu.

— É. Também tive a impressão de ter visto alguma coisa, mas não com tantos detalhes como você.

Dorian terminou o chocolate.

— Mais? — ofereceu Lazarus.

O menino fez que sim. A companhia do fabricante de brinquedos era agradável. A ideia de estar tomando chocolate quente com ele no meio da madrugada parecia excitante e educativa.

Examinando a oficina em que estavam, Dorian notou, numa das bancadas de trabalho, uma silhueta poderosa e de grande envergadura estendida sob um lençol que a cobria totalmente.

— Está trabalhando em algo novo?

Lazarus fez que sim.

— Quer que lhe mostre?

Dorian arregalou os olhos. Nem precisava responder.

— Bem, não esqueça que é uma peça inacabada... — disse o homem, aproximando-se da bancada e iluminando com uma lanterna.

— É um autômato? — perguntou o menino.

— De certa maneira, sim. Na verdade, acho que é uma peça meio extravagante. A ideia rondou minha cabeça durante anos. Para ser sincero, foi um menino mais ou menos da sua idade quem me sugeriu, muitos anos atrás.

— Um amigo seu?

Lazarus sorriu, nostálgico.

— Está pronto? — perguntou.

Dorian balançou a cabeça energicamente. Lazarus retirou o lençol que cobria a peça... e o menino, boquiaberto, deu um passo atrás.

— É apenas uma máquina, Dorian. Não precisa se assustar.

Dorian contemplou aquela figura poderosa. Lazarus tinha feito um anjo de metal, um colosso de quase 2 metros de altura, com duas asas enormes. O rosto de aço brilhava sob um capuz. As mãos eram imensas, com uma só ele podia rodear sua cabeça.

Lazarus apertou algum botão na base da nuca do anjo e a criatura mecânica abriu os olhos, dois rubis fosforescentes como brasas. Olhavam para ele. Para ele.

Dorian sentiu suas entranhas se contraírem.

— Por favor, desligue... — suplicou.

Lazarus viu o olhar aterrorizado do menino e apressou-se a cobrir o autômato novamente.

Dorian suspirou aliviado quando aquele anjo demoníaco desapareceu de sua vista.

— Sinto muito — disse Lazarus. — Não devia ter mostrado a você. Mas é só uma máquina, Dorian. Metal. Não deixe que sua aparência o assuste. É só um brinquedo.

O menino fez que sim, não muito convencido.

Lazarus tratou de oferecer uma nova caneca fumegante de chocolate. Dorian bebeu o líquido espesso e reconfortante ruidosamente, sob o olhar atento do fabricante de brinquedos. Quando chegou à metade, olhou para Lazarus e os dois trocaram um sorriso.

— Que susto, hein? — perguntou o homem.

O menino riu nervosamente.

— Deve pensar que sou um medroso.

— Muito pelo contrário. Muito poucos teriam a coragem de sair para investigar no bosque depois do que aconteceu com Hannah.

— O que acha que aconteceu?

Lazarus deu de ombros.

— É difícil dizer. Acho que temos que esperar o fim das investigações da polícia.

— Sim, mas...

— Mas...?

— E se realmente tem alguma coisa no bosque? — insistiu Dorian.

— A sombra?

Dorian concordou gravemente.

— Já ouviu falar alguma vez de *Doppelgänger*? — perguntou Lazarus.

O menino negou. Lazarus olhou para ele, hesitante.

— É uma palavra alemã — explicou. — É usada para descrever a sombra de uma pessoa que, por algum motivo, se separou de seu dono. Quer ouvir uma história interessante sobre isso?

— Claro...

Lazarus se sentou numa cadeira em frente ao menino e pegou um longo charuto. Dorian tinha aprendido no cinema que aquele torpedo atendia pelo nome de "havana" e que, além de custar uma fortuna, tinha um cheiro acre e penetrante quando aceso. Na verdade, depois de Greta Garbo, seu herói das matinês de domingo era Groucho Marx. E a plebe tinha que se contentar em sentir o cheiro de longe. Lazarus examinou o charuto e guardou de novo, intacto. Estava pronto para começar seu relato.

— Bem, quem me contou essa história foi um colega, há muito tempo. O ano é 1915. O lugar, a cidade de Berlim...

"De todos os relojoeiros da cidade de Berlim, nenhum era tão zeloso em seu trabalho e tão perfeccionista em seus métodos quando Hermann Blöcklin. De fato, sua obsessão por criar mecanismos cada vez mais precisos levou-o a desenvolver uma teoria sobre a relação entre o tempo e a velocidade com que a luz se desloca no universo. Blöcklin vivia cercado de relógios num apartamentinho que ficava nos fundos de sua loja, em Henrichstrasse. Era um homem solitário. Não tinha família. Não tinha amigos. Seu único companheiro era um velho gato, *Salman*, que passava as horas em silêncio ao lado do dono, que dedicava horas e dias inteiros à sua ciência, trancado na oficina. Com o passar dos anos, seu interesse se transformou numa verdadeira obsessão. Não era raro que deixasse a relojoaria fechada durante vários dias — jornadas de 24 horas sem descanso, em que trabalhava em seu tão sonhado projeto: o relógio perfeito, a máquina universal de medição do tempo.

"Num desses dias, quando já fazia duas semanas que uma tempestade de frio e neve açoitava Berlim, o relojoeiro recebeu a visita de um estranho cliente, um cavalheiro muito distinto chamado Andreas Corelli. Corelli vestia um terno branco reluzente e seus cabelos, longos e acetinados, eram prateados. Seus olhos se escondiam atrás de lentes negras. Blöcklin avisou que a loja estava fechada ao público, mas Corelli insistiu, alegando que tinha viajado de muito longe só para visitá-lo. Explicou que sabia de seus sucessos técnicos e chegou a descrevê-los em detalhes, o que deixou o relojoeiro muito intrigado: estava convencido de que suas façanhas eram, até aquela data, um mistério para o mundo.

"O pedido de Corelli não foi menos estranho. Blöcklin deveria fazer um relógio para ele, mas um relógio especial. Os ponteiros deviam girar ao contrário. A razão dessa encomenda era que Corelli padecia de uma doença mortal que poria fim à sua vida em questão de meses. Por esse motivo, queria um relógio que contasse as horas, os minutos e os segundos que lhe restavam de vida.

"O extravagante pedido veio acompanhado de uma oferta financeira mais do que generosa. E mais, Corelli garantiu que providenciaria os fundos necessários para financiar todas as suas pesquisas por toda a vida. Em troca, só precisava dedicar algumas semanas para fabricar o mecanismo que queria.

"Não é preciso dizer que Blöcklin aceitou o trato. Passaram-se duas semanas de trabalho intenso em sua oficina. Blöcklin estava mergulhado em sua tarefa quando, dias depois, Andreas Corelli voltou a bater em sua porta. O relógio tinha ficado pronto. Sorridente, Corelli examinou-o e, depois de elogiar o trabalho do relojoeiro, disse que a recompensa era mais que merecida. Exausto, Blöcklin confessou que tinha posto toda a sua alma naquele trabalho. Corelli fez que sim. Em seguida, deu corda no relógio e o mecanismo começou a girar. Entregou um saco de moedas de ouro a Blöcklin e despediu-se.

"O relojoeiro estava fora de si de satisfação e deleite, contando suas moedas de ouro, quando olhou sua imagem no espelho. Parecia mais velho, emagrecido. Estava trabalhando demais. Resolvido a tirar uns dias de folga, retirou-se para descansar.

"No dia seguinte, um sol deslumbrante penetrou por sua janela. Blöcklin, ainda cansado, foi ao banheiro lavar o rosto e observou de novo a sua imagem. Mas dessa vez um estremecimento de horror percorreu seu corpo. Quando foi dormir, na noite anterior, seu rosto era de um homem de 41 anos, cansado e esgotado, mas ainda jovem. Hoje tinha diante de si a imagem de um homem a caminho dos 60. Aterrorizado, foi até o parque tomar um pouco de ar fresco. Quando voltou à loja, foi olhar seu rosto novamente. Um ancião olhava para ele do espelho. Tomado pelo pânico, foi para a rua e tropeçou com um vizinho que lhe perguntou se tinha visto o relojoeiro Blöcklin. Histérico, Hermann saiu correndo.

"Passou aquela noite num canto de uma taberna pestilenta, em companhia de criminosos e gente de reputação duvidosa. Qualquer coisa era melhor do que ficar sozinho. Sentia sua pele encolher minuto a minuto. Tinha a sensação de que seus ossos estavam frágeis e a respiração cada vez mais difícil.

"Estavam soando as 12 badaladas quando um estranho perguntou se podia sentar em sua mesa. Blöcklin olhou para ele. Era um homem jovem e bem-apanhado, de cerca de 20 anos. Seu rosto era desconhecido, com exceção das lentes negras cobrindo os olhos. Blöcklin sentiu seu coração disparar. Corelli...

"Andreas Corelli se sentou diante dele e pegou o relógio que Blöklin tinha construído dias antes. Desesperado, o relojoeiro perguntou o que era aquele estranho fenômeno que estava acontecendo com ele. Por que envelhecia a cada segundo? Corelli mostrou o relógio. Os ponteiros giravam lentamente em sentido inverso. Corelli relembrou suas palavras, quando afirmou que tinha posto toda a sua alma naquele relógio. Era por isso que, a cada minuto que passava, seu corpo e sua alma envelheciam progressivamente.

"Cego de terror, Blöcklin implorou ajuda. Disse que estava disposto a fazer qualquer coisa, a renunciar a tudo, desde que recuperasse sua juventude e sua alma. Corelli sorriu e perguntou se tinha certeza disso. O relojoeiro repetiu: faria qualquer coisa.

"Corelli disse então que podia devolver o relógio, e com ele sua alma, em troca de algo que, na verdade, não tinha utilidade alguma para Blöcklin: sua sombra. Desconcertado, o relojoeiro perguntou se o preço a pagar era só isso, uma sombra. Corelli fez que sim e Blöcklin aceitou o trato.

"O estranho cliente pegou uma garrafinha de vidro, tirou a tampa e colocou sobre a mesa. Num segundo, Blöcklin viu sua sombra penetrar no frasco como um torvelinho de gás. Corelli fechou o vidrinho e, despedindo-se de Blöcklin, desapareceu na noite. Assim que ele saiu pela porta da taverna, o relojoeiro viu os ponteiros do relógio inverterem o sentido de sua rotação.

"Quando chegou em casa, ao amanhecer, tinha de novo o rosto de um homem jovem e suspirou aliviado. Mas outra surpresa esperava por ele. *Salman*, seu gato, não estava em lugar nenhum. Procurou por toda a casa e, quando finalmente o viu, uma sensação de horror tomou conta dele. O animal estava enforcado num fio amarrado à lâmpada de sua oficina. Tinham derrubado sua mesa de trabalho e suas ferramentas estavam espalhadas pelo chão. Parecia que um tornado tinha passado por ali. Tudo estava destruído. E mais: havia marcas nas paredes. Alguém tinha rabiscado nas paredes uma palavra incompreensível:

Nilkcolb

"O relojoeiro examinou aquela inscrição obscena e levou mais de um minuto para entender. Era seu próprio nome escrito ao contrário. Nilkcolb, Blöcklin. Uma voz sussurrou às suas costas e, quando virou, deu de cara com um obscuro reflexo dele mesmo, um reflexo diabólico de seu próprio rosto.

"Então o relojoeiro entendeu. Quem olhava para ele era sua sombra. Sua própria sombra, desafiante. Tentou agarrá-la, mas a sombra riu como uma hiena, espalhando-se pelas paredes. Apavorado, Blöcklin viu a sombra pegar um longo punhal e fugir pela porta, perdendo-se na penumbra.

"O primeiro crime da Heinrichstrasse ocorreu naquela mesma noite. Várias testemunhas declararam ter visto o relojoeiro Blöcklin apunhalar a sangue-frio um soldado que passeava de madrugada pela calçada. Ele foi preso pela polícia e submetido a um longo interrogatório. Na noite seguinte, Blöcklin ainda estava preso em sua cela quando aconteceram mais duas mortes. A população começou a falar do misterioso assassino que se movia nas sombras da noite em Berlim. Blöcklin bem que tentou explicar às autoridades o que estava acontecendo, mas ninguém lhe deu ouvidos. Os jornais especulavam sobre o mistério de um assassino que conseguia escapar, noite após noite, de uma cela de segurança máxima para cometer os crimes mais bárbaros de que se tinha notícia na cidade de Berlim.

"O terror da sombra de Berlim durou exatamente 25 dias. E aquele estranho caso terminou tão inexplicavelmente quanto tinha começado. Na madrugada de 12 de janeiro de 1916, a sombra de Hermann Blöcklin penetrou na tétrica prisão da polícia secreta. Um carcereiro que montava guarda junto à cela jurou que tinha visto Blöcklin lutando com uma sombra e que, a certa altura, o relojoeiro tinha apunhalado a sombra. Ao amanhecer, o novo turno de guardas encontrou Blöcklin morto em sua cela, ferido no coração.

"Dias mais tarde, um desconhecido chamado Andreas Corelli se ofereceu para pagar seu enterro numa fossa comum do cemitério de Berlim. Ninguém, à exceção do coveiro e de um estranho indivíduo de óculos escuros, assistiu à cerimônia.

"O caso dos crimes de Heinrichstrasse continua em aberto, sem solução, nos arquivos da polícia de Berlim..."

— Uau... — sussurrou Dorian quando o relato chegou ao fim. — E isso aconteceu de verdade?

O fabricante de brinquedos sorriu.

— Não, mas sabia que ia gostar da história.

Dorian mergulhou os olhos em sua caneca. Compreendeu que Lazarus tinha inventado aquela história só para afastar seu medo do anjo mecânico. Um ótimo truque, mas, na verdade, apenas um truque. Lazarus bateu em seu ombro esportivamente.

— Acho que já está um pouco tarde para brincar de detetive — observou. — Vamos, vou levá-lo para casa.

— Promete que não vai contar nada à minha mãe? — implorou Dorian.

— Só se você prometer que não vai mais passear no bosque sozinho e no meio da noite, pelo menos até que o caso de Hannah seja esclarecido...

Ambos sustentaram o olhar.

— Trato feito — concordou o menino.

Lazarus apertou sua mão como um bom homem de negócios. Em seguida, com um sorriso misterioso, o fabricante de brinquedos foi até o armário, retirou uma caixa de madeira e estendeu para Dorian.

— O que é? — perguntou o menino, intrigado.

— Mistério. Abra.

Dorian abriu a caixa e a luz das lâmpadas revelou uma figura de prata do tamanho de sua mão. Dorian olhou para Lazarus, boquiaberto. O fabricante de brinquedos sorriu.

— Vou mostrar como funciona.

Lazarus pegou o boneco e colocou na mesa. A uma simples pressão de seus dedos, ele abriu as asas e revelou sua natureza. Um anjo. Idêntico ao outro, em escala menor.

— Desse tamanho não é assustador, hein?

Dorian fez que sim, entusiasmado.

— Então ele vai ser seu anjo da guarda. Para proteger das sombras...

Lazarus escoltou Dorian através do bosque até a Casa do Cabo e aproveitou para explicar mistérios e técnicas complexas da fabricação de autômatos e mecanismos cuja engenhosidade parecia prima-irmã da magia. Lazarus parecia saber tudo sobre o assunto e tinha resposta para as perguntas mais complicadas e ardilosas. Não havia modo de pegá-lo. Ao chegar à extremidade do bosque, Dorian estava fascinado e orgulhoso de seu novo amigo.

— Lembre-se do nosso pacto, certo? — murmurou Lazarus. — Nada de excursões noturnas.

Dorian fez que sim com a cabeça e dirigiu-se para a casa. O fabricante de brinquedos esperou do lado de fora que o menino chegasse a seu quarto e acenasse da janela. Retribuiu o aceno e penetrou outra vez nas sombras do bosque.

Deitado na cama, Dorian ainda estava com um sorriso estampado no rosto. Todas as suas preocupações e angústia pareciam ter evaporado. Relaxado, o menino abriu a caixa e tirou o anjo mecânico que Lazarus tinha lhe dado. Era uma peça perfeita, de uma beleza sobrenatural. A complexidade do mecanismo evocava uma ciência misteriosa e fascinante. Dorian deixou o autômato no chão, ao pé da cama, e apagou a luz. Lazarus era um gênio. Essa era a palavra certa. Dorian já tinha ouvido aquela palavra centenas de vezes, mas achava estranho que fosse tão usada, pois na realidade nenhuma das pessoas assim chamadas merecia a qualificação. Finalmente, tinha conhecido um verdadeiro gênio. E, além do mais, era seu amigo.

O entusiasmo deu lugar a um sono irresistível. Dorian se rendeu ao cansaço e deixou que sua mente mergulhasse numa aventura em que ele, herdeiro da ciência de Lazarus, inventava uma máquina que prendia as sombras e libertava o mundo de uma sinistra organização do mal.

Dorian já estava dormindo quando, de repente, o boneco começou lentamente a abrir as asas. O anjo mecânico inclinou a cabeça e ergueu um braço. Seus olhos negros como duas lágrimas de obsidiana brilhavam na penumbra.

8. INCÓGNITO

Três dias se passaram sem que Irene tivesse notícias de Ismael. Não havia sinal do rapaz na cidadezinha, e seu veleiro não estava no cais. Uma onda de tempestades varria a costa da Normandia e, estendendo um manto cinza sobre a baía, ainda duraria quase uma semana.

As ruas da cidade pareciam adormecidas sob a chuvinha fina na manhã em que Hannah fez sua última viagem até o pequeno cemitério, no alto de uma colina que se erguia ao noroeste de Baía Azul. A procissão chegou até a porta do recinto e, por desejo expresso da família, a cerimônia final foi celebrada na maior intimidade, enquanto os habitantes da cidade voltavam para suas casas sob a chuva, em silêncio, assombrados pela lembrança da menina.

Lazarus se ofereceu para acompanhar Simone e os filhos de volta para a Casa do Cabo, enquanto a congregação se dispersava como um manto de névoa ao amanhecer. Foi então que Irene avistou a figura solitária de Ismael na beira do penhasco que margeava o cemitério, contemplando o mar de chumbo. Bastou um olhar entre ela e sua mãe para que Simone acenasse que podia ir. Logo depois, o carro de Lazarus se afastava pela estrada da ermida de Saint Roland e Irene subia a trilha que conduzia ao penhasco.

Dava para ouvir o estrondo de uma tempestade elétrica no horizonte, sobre o mar, acendendo mantos de luz por trás das nuvens, que pareciam tanques de metal derretido. A jovem encontrou Ismael sentado numa pedra, o olhar perdido no oceano. Ao longe, a ilhota do farol e o cabo se perdiam na neblina.

Na volta para a cidade, sem aviso prévio, Ismael revelou a Irene o seu paradeiro nos últimos três dias. O jovem começou seu relato a partir da hora em que recebeu a notícia.

Tinha partido com o *Kyaneos* rumo à ilha do farol, tentando escapar de um sentimento para o qual não havia escapatória possível. As horas seguintes, até o amanhecer, permitiram que clareasse as ideias e concentrasse sua atenção numa nova luz no final do túnel: desmascarar o responsável por aquela tragédia e fazer com que pagasse pelo que tinha feito. O desejo de vingança era o único antídoto capaz de suavizar aquela dor.

As explicações da polícia não o satisfaziam de jeito nenhum. Todo o segredo com que as autoridades cercaram o caso parecia, no mínimo, suspeito. Em algum momento antes do amanhecer do dia seguinte, Ismael já tinha resolvido fazer suas próprias investigações. A qualquer preço. A partir daí, não havia regras. Naquela mesma noite, ele penetrou o improvisado laboratório de medicina legal do dr. Giraud. Com um pouco de audácia e um par de alicates, conseguiu arrebentar a corrente da porta e tudo o que impedia a entrada.

No meio do caminho entre o espanto e a incredulidade, Irene ouviu Ismael contar como entrou nas fúnebres dependências do laboratório, depois que Giraud saiu. E então, como procurou cuidadosamente, no meio da névoa de formol e de uma penumbra espectral, a pasta referente a Hannah nos arquivos do médico.

De onde tinha tirado o sangue-frio necessário para semelhante proeza nem ele sabia, mas com certeza não foi dos dois cadáveres que encontrou, cobertos por lençóis. Pertenciam a dois mergulhadores que tiveram o azar de mergulhar numa corrente submarina do estreito de La Rochelle na noite anterior, tentando recuperar a carga de um veleiro encalhado nos recifes.

Pálida como uma boneca de porcelana, Irene ouviu o relato macabro de cabo a rabo, incluindo o tropeção de Ismael numa das mesas cirúrgicas de Giraud. Assim que a narrativa do jovem voltou ao ar livre, a jovem suspirou aliviada. Ismael tinha levado a pasta para o veleiro e passado duas horas tentando destrinchar a selva de palavras e o jargão médico do dr. Giraud.

Irene engoliu em seco.

— E como ela morreu, então? — murmurou.

Ismael encarou-a no fundo dos olhos. Um estranho brilho reluzia nos dele.

— Não sabem como foi. Mas sabem o porquê. Segundo o relatório, a causa oficial é parada cardíaca — explicou. — Mas em sua análise final, Giraud anotou que, em sua opinião pessoal, Hannah viu alguma coisa no bosque que provocou um ataque de pânico.

Pânico. A palavra se perdeu no eco de sua mente. Sua amiga Hannah tinha morrido de medo, e aquilo que tinha causado um terror desse porte continuava no bosque.

— Foi no domingo, não? — disse Irene. — Alguma coisa deve ter acontecido durante o dia...

Ismael fez que sim lentamente. Era óbvio que o jovem já tinha pensado tudo aquilo muito antes dela.

— Ou na noite anterior — sugeriu Ismael.

Irene olhou para ele com estranheza.

— Hannah passou a noite em Cravenmoore. No dia seguinte, já não havia nenhum rastro dela. Até a hora em que a encontraram morta, no bosque — disse ele.

— O que quer dizer?

— Estive no bosque. Encontrei marcas. Galhos cortados. Houve uma luta. Alguém perseguiu Hannah desde a casa.

— Desde Cravenmoore?

Ismael fez que sim de novo.

— Precisamos saber o que aconteceu no dia anterior ao seu desaparecimento. Talvez isso explique quem ou o que a perseguiu no bosque.

— E como podemos fazer isso? Quer dizer, a polícia... — disse Irene.

— Só tem um jeito.

— Cravenmoore — murmurou ela.

— Exatamente. Hoje à noite...

O crepúsculo abria espaços acobreados no manto de nuvens carregadas que corriam pelo céu a partir do horizonte. À medida que as sombras se estendiam sobre a baía, a noite deixava ver um claro na abóbada do céu, através do qual se via o círculo de luz quase perfeito ao redor da lua crescente. Os raios prateados do luar desenhavam um tapete de reflexos no quarto de Irene. Por um instante, a jovem tirou os olhos do diário de Alma Maltisse e contemplou aquela esfera que sorria para ela do firmamento. Em 24 horas, sua circunferência estaria completa. A terceira lua cheia do verão. A noite das máscaras em Baía Azul.

De repente, a silhueta da lua adquiriu outro significado para ela. Em alguns minutos, partiria para o encontro secreto com Ismael na entrada do bosque. A ideia de cruzar a escuridão e penetrar nas profundezas insondáveis de Cravenmoore agora parecia uma imprudência. Ou melhor, um absurdo. Por outro lado, sentia-se tão incapaz de falar sobre o assunto com Ismael quanto tinha se sentido naquela mesma tarde, quando ele anunciou sua intenção de entrar na mansão de Lazarus Jann em busca de respostas para os mistérios da morte de Hannah. Como não conseguia clarear seu pensamento, pegou de novo o diário de Alma Maltisse e buscou refúgio em suas páginas.

... Faz três dias que não sei nada dele. Partiu de repente, à meia-noite, convencido de que a sombra o seguiria, caso se afastasse de mim. Não quis revelar para onde estava indo, mas desconfio que foi se refugiar na ilhota do farol. É para lá que costuma ir em busca de paz, e tenho a impressão de que, dessa vez, voltou para lá como uma criança assustada, para enfrentar seu pesadelo. Mas a sua ausência me faz duvidar de tudo em que acreditei até agora. A sombra não voltou nesses três dias. Fiquei trancada em meu quarto, cercada de luzes, velas e lampiões a óleo. Nenhum canto do quarto ficou na escuridão. Mal consegui conciliar o sono.

Enquanto escrevo estas linhas, no meio da noite, posso ver a ilhota do farol no meio da neblina. Uma luz brilha entre as rochas. Sei que é ele, sozinho, confinado na prisão a que ele mesmo se condenou. Não posso ficar nem mais um minuto aqui. Se temos que enfrentar esse pesadelo, devemos fazer isso juntos. E se tivermos que morrer na tentativa, quero morrer junto com ele.

Nessa loucura, não faz a menor diferença viver um dia a mais ou a menos. Tenho certeza de que a sombra não vai nos dar trégua e não posso suportar outra semana igual a essa. Estou com a consciência limpa e minha alma está em paz comigo mesma. O medo dos primeiros dias deu lugar ao cansaço e à desesperança.

Amanhã, enquanto os habitantes da cidade estiverem no baile de máscaras da praça principal, vou pegar um barco no porto e ir atrás dele. Não me importam as consequências. Estou preparada para aceitá-las. Para mim, basta estar a seu lado e poder ajudá-lo até o último instante.

Alguma coisa dentro de mim me diz que talvez ainda reste uma possibilidade de vivermos uma vida normal, feliz, em paz. E isso é tudo o que desejo...

O impacto de uma minúscula pedra na janela interrompeu a leitura. Irene fechou o livro e deu uma olhada lá fora. Ismael esperava por ela no começo do bosque. Lentamente, enquanto enfiava um grosso casaco de tricô, a lua se escondeu atrás das nuvens.

Irene examinou sua mãe cuidadosamente do alto da escada. Mais uma vez, Simone tinha se rendido ao sono em sua poltrona favorita, diante da janela com vista para a baía. Havia um livro caído em seu colo e seus óculos de leitura estavam pendurados na ponta do nariz como um esquiador antes do salto. Num canto, um rádio de madeira lavrada com caprichosos motivos art nouveau sussurrava os acordes alarmantes de um seriado policial. Aproveitando a oportunidade, Irene passou na frente de Simone na ponta dos pés e entrou na cozinha, que dava para o pátio traseiro da Casa do Cabo. Toda a operação levou apenas 15 segundos.

Ismael esperava por ela munido de uma grossa jaqueta de couro, calças de trabalho e um par de botas que pareciam ter feito várias vezes o caminho de ida e volta para a Conchinchina. A brisa noturna arrastava uma fria neblina da baía, estendendo uma grinalda de trevas dançantes sobre o bosque.

Irene abotoou o casaco até em cima e fez que sim em silêncio diante do olhar atento do jovem. Sem uma palavra, penetraram na trilha que atravessava o matagal. Uma galeria de sons invisíveis povoava as sombras do bosque. O sussurro das folhas agitadas pelo vento mascarava o barulho do mar batendo nos penhascos. Irene seguiu os passos de Ismael pelo meio do mato. O rosto da lua aparecia fugazmente entre a trama de nuvens que cavalgavam sobre a baía, mergulhando o bosque num claro-escuro fantasmagórico. No meio do caminho, Irene pegou a mão de Ismael e não soltou até ver a silhueta de Cravenmoore diante deles.

A um sinal do jovem, eles pararam atrás do tronco de uma árvore ferida de morte por um raio. Durante alguns segundos, a lua rasgou a cortina aveludada das nuvens e um halo de claridade varreu a fachada de Cravenmoore, desenhando cada um de seus relevos e contornos e traçando o retrato hipnótico de uma estranha catedral perdida nas profundezas de um bosque maldito. A visão fugidia se desfez num poço escuro e um retângulo de luz dourada brilhou ao pé da mansão. A silhueta de Lazarus Jann desenhou-se no umbral da porta principal. O fabricante de brinquedos fechou a porta às suas costas e desceu lentamente os degraus, rumo à trilha que margeava o arvoredo.

— É Lazarus. Dá um passeio no bosque toda noite — murmurou Irene.

Ismael fez que sim em silêncio e deteve a moça, com os olhos cravados na figura do fabricante de brinquedos que se encaminhava para o bosque, na direção deles. Irene olhou interrogativamente para Ismael. O jovem deixou escapar um suspiro e examinou nervosamente os arredores. Já dava para ouvir os passos de Lazarus. Ismael pegou o braço de Irene e empurrou-a para dentro do tronco morto da árvore.

— Por aqui. Rápido! — murmurou.

O interior do tronco estava impregnado por um fedor de podridão e umidade. A claridade exterior se filtrava através de pequenos orifícios ao longo da madeira morta e desenhava uma escada improvável com degraus de luz subindo pelo interior do tronco cavernoso. Irene sentiu seu estômago embrulhar. A 2 metros acima dela notou uma fila de minúsculos pontos luminosos. Olhos. Um grito lutou para escapar de sua garganta. A mão de Ismael foi mais rápida. O grito sufocou dentro dela, enquanto o jovem mantinha a mão em sua boca.

— São apenas morcegos, pelo amor de Deus! Fique quieta! — murmurou ele enquanto os passos de Lazarus rodeavam o tronco em direção ao bosque.

Sabiamente, Ismael manteve Irene amordaçada até que ouviu os passos do proprietário de Cravenmoore se perderem bosque adentro. As asas invisíveis dos morcegos se agitaram no escuro. Irene sentiu o ar bater em seu rosto, além do fedor ácido dos animais.

— Achei que você não tinha medo de morcegos — disse Ismael. — Vamos.

Irene foi atrás dele pelo jardim de Cravenmoore até os fundos da mansão. A cada passo que dava, a jovem repetia consigo mesma que não havia ninguém na casa e que a sensação de estar sendo observada era uma simples ilusão de sua mente.

Chegaram à ala que ligava a casa à antiga fábrica de brinquedos de Lazarus e pararam diante de uma porta que parecia da oficina ou da sala de montagem. Ismael pegou uma navalha e abriu a lâmina. O reflexo metálico brilhou na escuridão. Introduziu a ponta da faca na fechadura e examinou cuidadosamente o mecanismo interno que a fazia abrir e fechar.

— Chegue para lá. Preciso de mais luz.

Irene retrocedeu um pouco e examinou a penumbra que reinava no interior da fábrica de brinquedos. Os vidros estavam embaçados por anos de abandono e era praticamente impossível ver as formas do outro lado.

— Vamos, vamos... — murmurou Ismael com seus botões, enquanto continuava a trabalhar na fechadura.

Irene ficou observando e tratou de calar a voz que começava a sugerir que entrar ilegalmente em propriedade alheia não era uma boa ideia. Finalmente, o mecanismo cedeu com um estalido quase inaudível. Um sorriso iluminou o rosto de Ismael. A porta abriu uns 2 centímetros.

— Moleza — disse, abrindo-a lentamente.

— Vamos rápido — disse Irene. — Lazarus não vai ficar fora muito tempo.

Ismael penetrou na fábrica. Irene respirou fundo e foi atrás. O interior estava afundado numa densa neblina de poeira banhada pela claridade mortiça e flutuante como uma nuvem de vapor. Um cheiro de produtos químicos misturados dominava o ambiente. Ismael fechou a porta às suas costas e os dois enfrentaram um mundo de sombras indecifráveis. Os restos da fábrica de brinquedos de Lazarus Jann jaziam no escuro, mergulhados num sono perpétuo.

— Não dá para ver nada — murmurou Irene, reprimindo a vontade de sair correndo dali.

— Vamos esperar os olhos se habituarem com a penumbra. São só alguns segundos — sugeriu Ismael, não muito convicto.

Os tais segundos passaram em vão. O manto de trevas que cobria a sala da fábrica de Lazarus não se desfez. Irene tentava adivinhar um caminho a seguir quando seus olhos repararam numa figura alta e imóvel que se erguia alguns metros mais adiante.

Um espasmo de terror apertou seu estômago.

— Tem alguém aqui, Ismael... — disse a jovem, agarrando o braço dele com força.

Ismael examinou a penumbra e engoliu em seco. Uma figura com os braços abertos flutuava, suspensa. A silhueta oscilava lentamente, como um pêndulo, e uma longa cabeleira caía em seus ombros. Com as mãos trêmulas, o jovem apalpou o bolso da jaqueta e tirou um caixa de fósforos. A figura continuava imóvel, como uma estátua viva pronta para pular em cima deles assim que a luz acendesse.

Ismael acendeu o fósforo e o clarão da chama cegou os dois momentaneanente. Irene voltou a agarrar seu braço.

Alguns segundos depois, a visão que surgiu diante de seus olhos tirou a força de seus músculos. Uma intensa onda de frio percorreu seu corpo. Diante dela, balançando à luz incerta da chama, estava o corpo de sua mãe, Simone, suspenso no teto com os braços abertos.

— Meu Deus...

A figura girou lentamente sobre si mesma e revelou o outro lado de suas feições. Cabos e engrenagens brilharam na claridade tênue. O rosto estava dividido em duas metades e só uma delas estava pronta.

— É uma máquina, apenas uma máquina — disse Ismael, tentando tranquilizá-la.

Irene contemplou a macabra imitação de Simone. Suas feições. A cor dos olhos, dos cabelos, cada marca na pele, cada linha de seu rosto estavam reproduzidos numa máscara inexpressiva e arrepiante.

— O que está acontecendo aqui? — perguntou.

Ismael apontou para o que parecia ser uma porta de entrada para a casa no outro lado da oficina.

— Por ali — indicou, afastando Irene daquela figura sinistra pendurada no ar.

Ainda sob o efeito daquela visão, a moça o seguiu, aturdida e apavorada.

Um segundo depois, a chama do fósforo que Ismael segurava apagou e a escuridão caiu sobre eles novamente.

Assim que chegaram à porta que levava ao interior de Cravenmoore, o manto de sombras que se estendia ao redor deles se desdobrou às suas costas como uma flor negra, adquirindo volume e deslizando pelas paredes. A sombra foi para as bancadas de trabalho da oficina e seu rastro tenebroso percorreu o lençol branco que cobria o anjo mecânico que Lazarus tinha mostrado a Dorian na noite anterior. Lentamente, a sombra se enfiou entre as dobras do lençol e sua massa vaporosa penetrou pelas junturas da estrutura metálica.

A silhueta da sombra desapareceu completamente no interior daquele corpo de metal. Um vapor gelado se estendeu sobre a criatura metálica formando uma teia de aranha congelada. Os olhos do anjo se abriram lentamente na escuridão, dois rubis acesos sob o manto.

A titânica criatura levantou devagar e abriu as asas. Pausadamente, colocou os dois pés no chão. As garras arranharam a superfície de madeira, deixando marcas à sua passagem. O manto de luz azulada que flutuava no ar iluminou a espiral de fumaça do fósforo apagado que Ismael tinha largado no chão. O anjo atravessou a fumaça e se perdeu nas trevas, seguindo os passos de Ismael e Irene.

9. A NOITE TRANSFIGURADA

O eco distante de uma batida insistente arrancou Simone de um mundo de aquarelas dançantes e luas que derretiam como moedas de prata incandescente. O som chegou de novo a seus ouvidos, mas dessa vez Simone acordou completamente e compreendeu que, mais uma vez, tinha sido vencida pelo sono na tentativa de avançar alguns capítulos de seu livro antes da meia-noite. Estava tirando os óculos de leitura, quando ouviu aquele som mais uma vez e conseguiu identificá-lo. Alguém estava batendo suavemente com os nós dos dedos na janela que dava para a varanda. Simone levantou e reconheceu o rosto sorridente de Lazarus do outro lado da vidraça. Enquanto abria a porta, deu uma olhada em sua imagem no espelho da entrada. Um desastre.

— Boa noite, madame Sauvelle. Talvez não seja uma hora muito adequada... — disse Lazarus.

— Em absoluto. Eu... Bem, na verdade, estava lendo e simplesmente caí no sono.

— Isso significa que precisa mudar de livro — comentou Lazarus.

— Acho que sim. Mas entre, por favor.

— Não quero incomodar.

— Não diga bobagens. Entre, por favor.

Lazarus concordou alegremente e entrou na casa. Seus olhos fizeram um rápido reconhecimento do lugar.

— A Casa do Cabo nunca esteve melhor — comentou.

— Parabéns.

— O mérito é todo de Irene, a decoradora da família. Aceita um chá? Café?...

— Um chá seria perfeito, mas...

— Nem mas nem meio mas. Vai cair bem para mim também.

Seus olhares se cruzaram por um instante, Lazarus sorriu calorosamente. Perturbada, Simone abaixou os olhos e concentrou-se na preparação do chá para os dois.

— Deve estar querendo saber o motivo dessa visita — começou o fabricante de brinquedos.

Realmente, pensou Simone em silêncio.

— Bem, toda noite dou um passeio pelo bosque até o penhasco. Isso me ajuda a relaxar — disse a voz de Lazarus.

Uma pausa marcada apenas pelo som da água na chaleira se colocou entre os dois.

— Já ouviu falar do baile anual de máscaras de Baía Azul, madame Sauvelle?

— Na última lua cheia de agosto... — recordou Simone.

— Isso. Estava me perguntando... Bem, quero que entenda que não há nenhuma obrigação nessa proposta, do contrário não me atreveria a fazê-la, quer dizer, não sei se estou me explicando direito...

Lazarus parecia atrapalhado como um colegial nervoso. Ela sorriu serenamente.

— Pensei que talvez aceitasse ser minha acompanhante este ano — concluiu finalmente o homem.

Simone engoliu em seco. O sorriso de Lazarus desmoronou lentamente.

— Sinto muito. Não deveria ter pedido isso. Aceite minhas desculpas...

— Com ou sem açúcar? — cortou amavelmente Simone.

— Como?

— O chá. Com ou sem açúcar?

— Duas colheres.

Simone fez que sim e diluiu as duas colheradas de açúcar na xícara. Quando acabou, estendeu-a a Lazarus e sorriu.

— Talvez tenha ficado ofendida...

— Não, não fiquei. É que não estou habituada a ser convidada para sair de casa. Mas adoraria ir ao baile com você — respondeu a mulher, surpresa com sua própria decisão.

O rosto de Lazarus se iluminou num amplo sorriso. Por um instante, Simone se sentiu trinta anos mais jovem. Era uma sensação ambígua, a meio caminho entre o sublime e o ridículo. Uma sensação perigosamente inebriante. Uma sensação mais poderosa do que o pudor, a vergonha ou o remorso. Tinha esquecido como era reconfortante sentir que alguém se interessava por ela.

Dez minutos mais tarde, a conversa continuava na varanda da Casa do Cabo. A brisa do mar balançava os lampiões a óleo presos na parede. Sentado na varanda de madeira, Lazarus contemplava as copas das árvores se agitando no bosque, um mar negro e sussurrante.

Simone observou o rosto do fabricante de brinquedos.

— Fico contente em ver que estão satisfeitos com a casa — comentou Lazarus. — E seus filhos como se adaptaram à vida em Baía Azul?

— Não tenho queixas, ao contrário. Na verdade, Irene já está arrastando a asa para um rapaz da cidade. Um tal de Ismael. Conhece?

— Ismael? Claro, conheço. E devo dizer que é um bom rapaz — disse Lazarus, distante.

— Espero que sim. Na verdade, ainda estou esperando que ela me apresente o rapaz.

— Os jovens são assim mesmo. Tente se colocar no lugar dela... — sugeriu Lazarus.

— Acho que sou igual a todas as mães: ridícula, superprotegendo uma filha de quase 15 anos.

— É muito natural.

— Acho que ela não concordaria com isso.

Lazarus sorriu, mas não disse nada.

— O que sabe sobre ele? — perguntou Simone.

— De Ismael?... Bem..., muito pouco... — começou ele. — Dizem que é um ótimo marinheiro. E que é um jovem introvertido, pouco dado a fazer amigos. Na verdade, não estou muito bem-informado sobre a vida local... Mas acho que não há motivo para preocupação.

O som das vozes subia até a sua janela como o rastro de fumaça de um cigarro mal apagado, caprichosa e sinuosamente. Era impossível ignorar. O murmúrio do mar não conseguia abafar as palavras de Lazarus e sua mãe lá embaixo, na varanda. Por um instante, Dorian desejou que o fizesse e que aquela conversa nunca tivesse chegado a seus ouvidos. Havia algo de inquietante em cada inflexão, em cada frase. Uma coisa indefinível, uma presença invisível que parecia impregnar cada lance da conversa.

Talvez fosse a ideia de ouvir a mãe conversando placidamente com um homem que não era seu pai, mesmo que esse homem fosse Lazarus, que Dorian considerava um amigo. Talvez fosse o tom de intimidade que matizava as palavras dos dois. Talvez, pensou finalmente Dorian, fosse só ciúme e uma teima idiota de não querer que a mãe tivesse uma conversa a sós com um homem adulto. E isso era egoísta. Egoísta e injusto. Afinal, além de sua mãe, Simone era uma mulher de carne e osso, que precisava de amizades e da companhia de alguém além dos filhos. Qualquer livro que se prezasse deixava isso bem claro. Dorian revisou o aspecto teórico desse raciocínio. Nesse nível, tudo parecia perfeito. Mas na prática, a teoria era outra.

Timidamente, sem acender a luz do quarto, Dorian chegou à janela e deu uma olhadela furtiva para a varanda. "Egoísta e ainda por cima espião", parecia sussurrar sua voz interior. No cômodo anonimato das sombras, Dorian observou a sombra de sua mãe projetada no chão da varanda. De pé, Lazarus olhava o mar, negro e impenetrável. Dorian engoliu em seco. A brisa agitou as cortinas que o escondiam e o menino deu um passo atrás instintivamente. A voz de sua mãe pronunciou algumas palavras ininteligíveis. Não era de sua conta, concluiu, envergonhado por ficar espiando a mãe.

O menino estava se afastando silenciosamente da janela quando percebeu um movimento na penumbra com o rabo de olho. Dorian virou de modo brusco, sentindo os cabelos da nuca se arrepiarem. O quarto estava mergulhado na escuridão, rompida apenas por um halo de claridade azul que atravessava as cortinas ondulantes. Lentamente, sua mão apalpou a mesinha de cabeceira à procura do interruptor do abajur. A madeira estava fria. Seus dedos demoraram alguns segundos para encontrar o botão. Dorian pressionou o interruptor. A espiral metálica no interior da lâmpada brilhou por um breve instante e apagou num suspiro. O clarão vaporoso o deixou cego. Em seguida, a escuridão ficou ainda mais densa, como um profundo poço de água negra.

"A lâmpada queimou", disse com seus botões. "É normal. O metal usado na resistência, o tungstênio, tem uma vida limitada." Pelo menos era o que tinha aprendido na escola.

Todos esses pensamentos tranquilizadores evaporaram quando Dorian percebeu outro movimento nas sombras. Para ser mais exato, das sombras.

Sentiu uma onda de frio ao ver uma forma se mexer na escuridão bem na sua frente. Uma silhueta negra e opaca parou no centro do quarto. "Está me observando", murmurou a voz em sua mente. A sombra avançou no escuro e Dorian percebeu que não era o chão, mas sim as suas pernas que estavam tremendo de puro terror diante daquela forma fantasmagórica de sombra densa que se aproximava passo a passo.

Dorian retrocedeu alguns passos até que a fraca claridade que penetrava pela janela o envolveu como um halo de luz. A sombra parou no limiar das trevas. O menino sentiu que seus dentes iam começar a bater, mas pressionou a mandíbula com força e reprimiu o desejo de fechar os olhos. De repente, alguém pronunciou umas palavras. Levou alguns segundos para perceber que era ele mesmo quem estava falando. Num tom firme e sem o menor sinal de medo.

— Fora daqui — murmurou Dorian em direção às sombras. — Fora, já disse.

Um som arrepiante chegou a seus ouvidos, um som que parecia o eco de uma risada distante, cruel e maléfica. Naquele instante, as feições daquela sombra se desenharam na penumbra como uma miragem de águas negras. Escuras. Demoníacas.

— Fora daqui! — ouvia sua voz dizer.

A líquida forma negra se desfez diante de seus olhos e a sombra cruzou o quarto a toda velocidade, como uma nuvem de gás candente, até a porta. Uma vez lá, a sombra formou uma espiral fantasmagórica que penetrou no orifício da fechadura como um tornado de trevas sugado por uma força invisível.

E de repente, a resistência da lâmpada voltou a acender e dessa vez sua cálida luz banhou todo o quarto. O impacto da luz elétrica inesperada provocou um grito de pânico que ele conseguiu sufocar na garganta. Seus olhos examinaram cada canto do quarto, mas não havia sinal da aparição que pensou ter visto um segundo antes.

Dorian respirou fundo e foi até a porta. Colocou a mão na maçaneta. O metal estava frio como gelo. Tomando coragem, abriu a porta e examinou as sombras do corredor. Nada. Suavemente, fechou a porta de novo e voltou à janela. Lá embaixo, no alpendre, Lazarus se despedia de sua mãe. Na hora de partir, o fabricante de brinquedos se inclinou e deu um beijo em seu rosto. Um beijo rápido, apenas roçando os lábios. Dorian sentiu seu estômago encolher até ficar do tamanho de uma ervilha. Um segundo depois, o homem ergueu os olhos nas sombras e sorriu para ele. Seu sangue gelou nas veias.

O fabricante de brinquedos se afastou lentamente rumo ao bosque, sob a luz do luar. No entanto, por mais que tentasse, Dorian não conseguia ver a sombra de Lazarus. Logo depois, ele foi engolido pela escuridão.

* * *

Depois de atravessar o longo corredor que ligava a fábrica de brinquedos à mansão, Ismael e Irene penetraram nas entranhas de Cravenmoore. Sob o manto da noite, a residência de Lazarus Jann parecia um palácio de trevas, cujas galerias, povoadas por dezenas de criaturas mecânicas, espalhavam-se no escuro em todas as direções. A luz central que coroava a escadaria em espiral no centro da mansão irradiava uma chuva de reflexos púrpura, dourados e azuis, que se refletiam até o interior de Cravenmoore, como manchas fugidas de um caleidoscópio.

Aos olhos de Irene, as silhuetas adormecidas dos autômatos e os rostos inanimados sobre as paredes criavam a impressão de que um estranho encantamento tinha aprisionado as almas de todos os antigos moradores da mansão. Mais prosaico, Ismael via nelas apenas o reflexo da mente labiríntica e insondável de seu criador. O que não era nada tranquilizador: ao contrário, à medida que penetravam nos domínios particulares de Lazarus Jann, a presença invisível do fabricante de brinquedos parecia mais intensa do que nunca. Sua personalidade estava em cada pequeno detalhe daquela construção barroca: desde o teto, tramado em abóbadas de afrescos com cenas de contos célebres, até o chão que pisavam, um interminável tabuleiro de xadrez que formava uma rede hipnótica e enganava a vista com um extravagante efeito ótico de profundidade infinita. Caminhar por Cravenmoore era como penetrar num sonho inebriante e, ao mesmo tempo, apavorante.

Ismael parou ao pé de uma escada e inspecionou cuidadosamente o percurso em espiral que se perdia nas alturas. Enquanto isso, Irene via o rosto de um dos relógios mecânicos de Lazarus, em forma de sol, abrir os olhos e sorrir para eles. No exato momento em que o ponteiro das horas marcou meia-noite, a esfera girou sobre si mesma e o sol deu lugar a uma lua que irradiava uma luz fantasmagórica e cujos olhos, escuros e brilhantes, giravam de um lado para outro lentamente.

— Vamos subir — murmurou Ismael. — O quarto de Hannah ficava no segundo andar.

— Mas são dezenas de quartos, Ismael. Como vamos saber qual era o dela?

— Hannah contou que seu quarto ficava no extremo de um corredor, de frente para a baía.

Irene fez que sim, embora não achasse a indicação suficiente. O jovem parecia tão perturbado por aquela atmosfera quanto ela, mas não ia admitir isso nem em cem anos. Os dois deram uma última olhada no relógio.

— Já é meia-noite. Lazarus deve estar chegando — disse Irene.

— Vamos.

A escada era uma espiral bizantina que parecia desafiar a lei da gravidade, arqueando-se progressivamente como os túneis de acesso à cúpula de uma grande catedral. Depois de uma subida vertiginosa, passaram pelo patamar do primeiro andar. Ismael pegou a mão de Irene e continuou subindo. A curva das paredes era ainda mais pronunciada e paulatinamente a escada se transformou numa espécie de esôfago claustrofóbico perfurado na pedra.

— Só mais um pouco — disse o jovem, lendo a angústia embutida no silêncio de Irene.

Depois de uma eternidade — na realidade, uns trinta segundos —, conseguiram sair daquele tubo asfixiante e chegar à porta de acesso ao segundo andar de Cravenmoore. Diante deles, abria-se o corredor principal da ala esquerda. Uma manada de figuras petrificadas espreitava nas sombras.

— Seria melhor a gente se separar — sugeriu Ismael.

— Sabia que ia dizer isso.

— Em compensação, você pode escolher o corredor que preferir — ofereceu ele, tentando brincar.

Irene olhou para um lado e para outro. Na ala leste viam-se os corpos de três figuras encapuzadas ao redor de um imenso caldeirão: bruxas. A jovem escolheu a direção oposta.

— O lado de cá.

— São apenas máquinas, Irene — disse Ismael. — Não têm vida. Simples brinquedos.

— Só acredito nisso de manhã...

— Tudo bem. Eu vou para lá. A gente se encontra aqui em 15 minutos. Se não encontrarmos nada, azar. Vamos embora assim mesmo — concedeu. — Prometo.

Ela fez que sim. Ismael lhe deu a caixa de fósforos.

— Por precaução.

Irene guardou-a no bolso do casaco e olhou mais uma vez para Ismael. O jovem se inclinou e beijou seus lábios bem de leve.

— Boa sorte — murmurou.

Antes que ela pudesse responder, ele já estava indo para o extremo do corredor enterrado nas trevas. "Boa sorte", pensou Irene.

O eco dos passos de Ismael se perdeu atrás dela. A jovem respirou fundo e começou a andar para a outra ponta do corredor que atravessava o eixo central da mansão. O corredor se bifurcava ao chegar na escadaria central. Irene debruçou-se levemente sobre o abismo que ia até o andar térreo. Um feixe de luz decomposta caía na vertical desde uma espécie de luminária colocada na extremidade, traçando um arco-íris que arranhava as trevas.

A partir dali, o corredor seguia em duas direções: para o sul e para o oeste. A ala oeste era a única que tinha vista para a baía. Sem hesitar um segundo, Irene penetrou na longa galeria, deixando atrás de si a reconfortante claridade da luminária. De repente, a jovem notou que um véu semitransparente cruzava o corredor: apenas uma cortina de gaze, mas depois dela o corredor adquiria uma fisionomia ostensivamente diferente do resto da galeria. Não se via mais nenhuma silhueta espreitando na sombra. Na coroa que sustentava aquela divisória via-se uma letra. Uma inicial:

A

Irene separou os dois panos da cortina com os dedos e atravessou aquela estranha fronteira que parecia dividir a ala oeste em duas partes. Uma brisa fria e invisível acariciou seu rosto e pela primeira vez a jovem percebeu que as paredes estavam cobertas por um emaranhado complexo de relevos lavrados em madeira. De lá, só dava para ver três portas. Uma em cada lado do corredor e uma terceira, a maior das três, na extremidade e com a mesma inicial que coroava a cortina às suas costas.

Irene caminhou lentamente para a última porta. Os relevos a seu redor exibiam cenas incompreensíveis personificadas por criaturas estranhas, cada uma delas justaposta, por sua vez, a outras cenas, criando um oceano de hieróglifos cujo significado ela não conseguia perceber. Quando Irene chegou à última porta, a ideia de que era completamente improvável que Hannah tivesse ocupado um quarto naquele lugar tomou forma em sua mente. No entanto, o fascínio daquele lugar era mais forte do que a atmosfera sinistra de santuário proibido que se respirava ali. Uma presença intensa parecia flutuar no ar. Uma presença quase palpável.

Irene sentiu seu pulso acelerar e pousou a mão trêmula na maçaneta da porta. Alguma coisa a deteve. Um pressentimento. Ainda estava em tempo de voltar atrás, ir ao encontro de Ismael e fugir daquela casa, antes que Lazarus descobrisse aquela invasão. A maçaneta girou suavemente sob seus dedos, roçando a pele. Irene fechou os olhos. Não tinha nenhum motivo para entrar ali. Só precisava dar meia-volta e refazer seus passos. Não devia ceder àquela atmosfera irreal, de sonho, que sussurrava que abrisse a porta e atravessasse a soleira, sem voltar atrás. A jovem abriu os olhos.

O corredor oferecia seu caminho de volta no meio da escuridão. Irene suspirou e por um instante seus olhos se perderam nos reflexos que tingiam a cortina de gaze. Foi então que uma silhueta escura se recortou atrás da cortina e parou do outro lado.

— Ismael? — murmurou Irene.

A silhueta ficou ali durante alguns instantes e depois, sem produzir o menor ruído, retirou-se de novo para as sombras.

— É você, Ismael? — insistiu ela.

O lento veneno do pânico começou a circular em suas veias. Sem afastar os olhos daquele ponto, abriu a porta do quarto e entrou, fechando-a atrás de si. Por um segundo, a luz cor de safira que emanava das grandes janelas, altas e estreitas, a ofuscou. Em seguida, enquanto suas pupilas se habituavam à luminosidade fugidia do quarto, Irene lembrou-se de acender, com mãos trêmulas, um dos fósforos que Ismael tinha lhe dado. A luz avermelhada da chama revelou a seus olhos um suntuoso quarto palaciano, cujo luxo e esplendor pareciam saídos das páginas de uma fábula.

O teto, coroado por um artesanato labiríntico, era um turbilhão barroco ao redor do centro da sala. Numa extremidade, um magnífico dossel com longos cortinados dourados encobria um leito. Um grande tabuleiro de xadrez com peças em cristal lavrado repousava sobre uma mesa de mármore. Na outra extremidade, Irene descobriu outra fonte de luz que contribuía para criar aquela atmosfera furta-cor: a goela cavernosa de uma lareira na qual ardiam as brasas de grossos troncos. Acima dela, via-se um grande retrato. Um rosto branco com as feições mais delicadas que se pode imaginar num ser humano rodeava os olhos profundos e tristes de uma mulher de beleza comovente. A dama do retrato vestia um longo traje branco e atrás dela via-se a baía com a ilha do farol.

Irene se aproximou lentamente do retrato, erguendo o fósforo aceso até a chama queimar seus dedos. Levou o dedo queimado à boca e descobriu um porta-velas em cima de uma escrivaninha. Não era estritamente necessário, mas resolveu acender a vela com outro fósforo. A chama restaurou a aura de claridade a seu redor. Em cima da escrivaninha havia um livro de couro aberto no meio.

Os olhos de Irene reconheceram aquela caligrafia tão familiar no papel apergaminhado e coberto por uma camada de poeira, que mal permitia ler as palavras escritas na página. A jovem soprou levemente e uma nuvem de partículas brilhantes cobriu a mesa. Pegou o livro e virou as páginas até chegar à primeira. Chegou mais perto da luz e seus olhos leram as palavras impressas em letras prateadas. Lentamente, à medida que sua mente compreendia o significado daquilo tudo, um calafrio intenso como uma agulha gelada perfurou sua nuca.

Alexandra Alma Maltisse
Lazarus Joseph Jann
1915

Uma acha de lenha estalou no fogo, cuspindo pequenas chispas que desapareciam no ar em contato com o chão. Irene fechou o livro e depositou de volta na escrivaninha. Foi então que sentiu que, no outro lado do quarto, por trás do véu que balançava no dossel que cercava a cama, alguém a observava. Uma silhueta esbelta jazia estendida na cama. Uma mulher. Irene deu alguns passos na direção dela. A mulher levantou a mão.

— Alma? — sussurrou Irene, aterrorizada com o som da própria voz.

A jovem percorreu os metros que a separavam da cama e parou ao lado dela. Seu coração batia descompassado e sua respiração era ofegante. Começou a abrir as cortinas bem devagar. Naquele exato momento, uma fria rajada de ar atravessou o quarto e agitou os véus do cortinado. Irene virou e olhou para a porta. Uma sombra se espalhava no chão como uma grande poça de tinta deslizando por baixo da porta. Um som fantasmagórico, uma espécie de voz distante e cheia de ódio, pareceu murmurar alguma coisa na escuridão.

Um segundo depois, a porta se abriu com uma força desmedida e bateu na parede do quarto, quase arrancando as dobradiças. Quando a garra de unhas afiadas como punhais de aço emergiu das sombras, Irene gritou até onde sua voz alcançava.

* * *

Ismael estava começando a pensar que tinha cometido um erro ao tentar localizar mentalmente o quarto de Hannah. Quando sua prima descreveu a casa, ele tinha traçado sua própria planta de Cravenmoore. Mas, olhando de dentro, a estrutura labiríntica da mansão parecia indecifrável. Todos os quartos da ala que tinha percorrido estavam hermeticamente fechados. Nenhuma das fechaduras tinha cedido às suas artes de arrombador, e o relógio não demonstrava a menor compaixão por seu completo fracasso.

Os 15 minutos combinados tinham evaporado e nada... A ideia de desistir da busca por aquela noite começava a parecer tentadora. Só a decoração lúgubre daquele lugar já sugeria mil e uma desculpas para ir embora. Tinha acabado de tomar a decisão de deixar a mansão quando ouviu o grito de Irene, apenas um fio de voz atravessando as trevas de Cravenmoore, vindo de algum lugar recôndito. O eco se espalhou em várias direções. Ismael sentiu o pique de adrenalina queimando suas veias e correu tão rápido quanto suas pernas permitiam para o outro extremo daquele corredor monumental.

Seus olhos mal viam o sinistro túnel de formas tenebrosas que deslizava a seu redor. Atravessou o halo fantasmagórico da luminária no alto do teto e passou pela encruzilhada de corredores em torno da escadaria central. A trama dos ladrilhos do pavimento deslizava sob seus pés, e a perspectiva vertiginosa do corredor parecia se alongar diante dos seus olhos como se cavalgasse em direção ao infinito.

Os gritos de Irene chegaram de novo a seus ouvidos, cada vez mais perto. Ismael atravessou o umbral de cortinas transparentes e por fim viu a entrada do último quarto da ala oeste.

Sem pensar um segundo, penetrou no quarto, desconhecendo o que encontraria lá.

A fisionomia velada de um quarto monumental surgiu iluminada pelas brasas que crepitavam no fogo. A silhueta de Irene, recortada contra uma grande janela banhada de luz azul, foi um alívio momentâneo, pois não demorou para ler um terror cego nos olhos da jovem. Ismael virou instintivamente e a visão que surgiu diante dele nublou sua mente, paralisando-o como a dança hipnótica de uma serpente encantada.

Erguendo-se do meio das sombras, uma silhueta titânica abria duas grandes asas negras, as asas de um morcego. Ou de um demônio.

O anjo estendeu seus longos braços que terminavam em garras compridas e escuras. O fio de aço de suas unhas brilhou diante do rosto velado por um capuz.

Ismael retrocedeu um passo em direção ao fogo e o anjo levantou o rosto, revelando as feições na claridade das chamas. Havia algo naquela figura que ia além de uma simples máquina. Alguma coisa tinha se refugiado dentro dela, transformando-a num fantoche infernal, uma presença palpável e maléfica. O jovem lutou para não fechar os olhos e pegou a ponta ainda intacta de um longo galho em brasa. Agitando o galho aceso diante do anjo, apontou para a porta do quarto.

— Vá para a porta, bem devagar — murmurou para Irene.

Paralisada pelo pânico, a jovem ignorou suas palavras.

— Faça o que mandei — ordenou Ismael energicamente.

Seu tom de voz despertou Irene, que concordou e, tremendo, começou a andar para a porta. Tinha percorrido apenas uns 2 metros quando o anjo virou o rosto para ela como um predador atento e paciente. Irene sentiu os pés pesados, grudados no chão.

— Não olhe para ele e continue andando — disse Ismael, sem parar de agitar o galho diante do anjo.

Irene deu outro passo. A criatura inclinou a cabeça para ela e a jovem deixou escapar um gemido.

Aproveitando sua distração, Ismael bateu com o galho num dos lados da cabeça da criatura. O impacto levantou uma chuva de brasas acesas. Antes que conseguisse encolher o braço, uma das garras do anjo arrancou o galho de suas mãos e as unhas de 5 centímetros, poderosas como um punhal de caça, destroçaram a madeira diante de seus olhos. O anjo deu um passo na direção de Ismael. O jovem sentiu a vibração do solo sob o peso de seu adversário.

— Você não passa de uma maldita máquina. Um maldito monte de lata... — murmurou ele, tentando afastar da mente o efeito aterrorizante daqueles olhos escarlate brilhando sob o capuz do anjo.

As pupilas demoníacas da criatura foram diminuindo lentamente até formar um linha cor de sangue sobre córneas de obsidiana, como os olhos de um grande felino. O anjo deu mais um passo em sua direção. Ismael olhou rapidamente para a porta. Estava a uma distância de 8 metros. Ele não tinha escapatória possível, mas Irene sim.

— Quando eu disser, corra até a porta e não pare até sair desta casa.

— O que está dizendo?

— Não discuta! — protestou Ismael, sem tirar os olhos da criatura. — Corra!

O jovem estava calculando mentalmente o tempo necessário para correr até a janela e tentar escapar pelos frisos da fachada, quando o inesperado aconteceu. Em vez de correr para a porta e fugir, Irene pegou uma acha de lenha do fogo e encarou o anjo.

— Olhe para mim, malnascido! — gritou, ateando fogo na capa que cobria o anjo e arrancando um grito de raiva da sombra que se ocultava em seu interior.

Atônito, Ismael correu para Irene e chegou justamente a tempo de jogá-la no chão antes que os cinco punhais da garra do anjo a lançassem longe, enquanto a capa se transformava num manto de chamas e a colossal silhueta da criatura virava uma espiral de fogo. Ismael agarrou Irene pelo braço, ajudando-a a levantar. Juntos, correram para a saída, mas o anjo se colocou no caminho, depois de arrancar a capa de fogo que o cobria. Uma estrutura de aço enegrecido surgiu sob as chamas.

Sem soltar Irene nem por um segundo (temendo novas revoltas heroicas), Ismael arrastou a jovem até a janela, pegou uma cadeira e jogou-a na vidraça. Uma chuva de estilhaços caiu sobre eles e o vento frio da noite soprou as cortinas até o teto. Dava para ouvir os passos do anjo se aproximando cada vez mais atrás deles.

— Rápido! Pule pela janela! — gritou o jovem.

— O quê?! — gemeu Irene, incrédula.

Sem parar para pensar, tratou de empurrá-la para fora. A jovem atravessou a goela aberta no vidro e deu de cara com uma queda vertical de quase 40 metros. Seu coração quase parou de bater, certa de que em alguns segundos seu corpo cairia no vazio. Mas Ismael não afrouxou a presa e com um empurrão ajudou-a a pisar na estreita marquise que percorria toda a fachada, como uma passarela entre as nuvens. Ele pulou atrás dela, empurrando-a para a frente. O vento gelou o suor que escorria em seu rosto.

— Não olhe para baixo! — gritou.

Tinham avançado apenas um metro quando a garra do anjo surgiu na janela às suas costas. Suas unhas arrancaram chispas da parede de pedra, deixando quatro longas cicatrizes. Irene gritou, sentindo os pés tremerem sobre a marquise e seu corpo balançou perigosamente no vazio.

— Não consigo, Ismael — anunciou ela. — Se der mais um passo, vou cair lá embaixo.

— Consegue, sim. Vamos. Andando — apressou ele, agarrando sua mão com toda a força. — Se você cair, caio junto.

A jovem tentou sorrir. De repente, uns 2 metros à frente, uma das janelas explodiu violentamente, projetando milhares de pedaços de vidro no ar. As garras do anjo brotaram do vão, e um segundo depois todo o corpo da criatura estava colado à fachada como uma aranha.

— Meu Deus! — gemeu Irene.

Ismael tentou retroceder, puxando Irene. O anjo rastejou pela pedra, a carranca se confundindo com as gárgulas que adornavam o friso superior da fachada de Cravenmoore.

A mente de Ismael examinou rapidamente o campo visual que se abria diante deles. A criatura avançava palmo a palmo em sua direção.

— Ismael...

— Já sei, já sei!

O jovem calculou as possibilidades que tinham de sobreviver a uma queda daquela altura. Zero, sendo otimista. A alternativa de voltar ao quarto exigia tempo demais. No tempo necessário para retroceder sobre a marquise, o anjo já estaria em cima deles. Sabia que só tinham alguns segundos para tomar uma decisão, não importa qual. A mão de Irene agarrou a sua: estava tremendo. O jovem deu uma última olhada no anjo, que rastejava para eles lenta e inexoravelmente. Engoliu em seco e olhou para o outro lado. O sistema de calhas descia pela fachada a seus pés. A metade de seu cérebro perguntava se aquela estrutura seria capaz de suportar o peso de duas pessoas, enquanto a outra bolava um jeito de agarrar aqueles canos, sua última oportunidade.

— Agarre-se em mim. Com força — murmurou afinal.

Irene olhou para ele e, em seguida, para o chão, para o abismo, e leu seu pensamento.

— Ai, meu Deus!

Ismael piscou o olho.

— Boa sorte — murmurou.

A garra do anjo cravou na pedra a 4 centímetros do seu rosto. Irene gritou e abraçou Ismael, fechando os olhos. Estavam caindo vertiginosamente. Quando a jovem abriu os olhos outra vez, os dois estavam suspensos no vazio. Ismael descia pelo cano de escoamento da calha praticamente sem poder frear. Seu estômago foi parar na garganta. Lá em cima, o anjo golpeou o cano, achatando-o contra a fachada. Ismael sentiu o atrito arrancando a pele de suas mãos e seus antebraços sem piedade, produzindo uma queimação que em poucos segundos ia se transformar numa dor insuportável. O anjo rastejou até eles e tentou agarrar o cano, mas seu peso arrancou-o da parede.

De repente, a massa metálica da criatura precipitou no vazio, arrastando todo o encanamento atrás de si. Carregando Ismael e Irene, o cano traçou um arco no ar que terminava no chão. O jovem lutou para não perder o controle, mas a dor e a velocidade da queda foram mais fortes que ele.

O cano escorregou entre seus braços e os dois caíram no grande lago que margeava a ala oeste de Cravenmoore. O impacto na lâmina gelada de água negra atingiu-os com raiva. A queda empurrou os dois inertes até o fundo escorregadio do lago. Irene sentiu a água penetrar em suas fossas nasais e queimar sua garganta. Foi assaltada por uma onda de pânico. Abriu os olhos embaixo d'água e, entre a sensação de ardor, só viu um poço escuro. Uma silhueta apareceu a seu lado: Ismael, que a segurou, levando-a para a superfície. Os dois emergiram soltando o ar ruidosamente.

— Rápido — apressou Ismael.

Irene viu as marcas e os ferimentos em suas mãos e seus braços.

— Não é nada — mentiu o jovem, pulando para fora do lago.

Ela fez o mesmo. Suas roupas estavam empapadas, grudadas no corpo, e com o frio da noite pareciam um doloroso manto de gelo sobre a pele. Ismael examinou as sombras a seu redor.

— Onde está? — perguntou Irene.

— Talvez o impacto da queda tenha...

Algo se mexeu entre os arbustos. Logo em seguida, eles viram os olhos escarlate. O anjo continuava lá e, fosse o que fosse a coisa que guiava seus movimentos, não pretendia deixá-los escapar com vida.

— Corra!

Os dois partiram a toda velocidade na direção do bosque. As roupas molhadas dificultavam a marcha e o frio começava a entorpecer os ossos. O som do anjo no meio do matagal chegou até eles. Ismael puxou Irene com força, penetrando nas profundezas do bosque, onde a névoa era mais espessa.

— Para onde vamos? — gemeu Irene, consciente de que estavam penetrando numa parte desconhecida do bosque.

Ismael nem se preocupou em responder, limitando-se a puxá-la desesperadamente. Irene sentiu o mato arranhando a pele de seus tornozelos e o peso do cansaço consumindo seus músculos. Não ia conseguir manter aquele ritmo por muito tempo. Em poucos segundos, a criatura ia alcançá-los nas entranhas do bosque e despedaçá-los com aquelas garras.

— Não consigo...

— Claro que consegue!

Estava sendo arrastada por Ismael. Sua cabeça girava e podia ouvir os galhos quebrados estalando às suas costas, a poucos metros dos dois. Por um instante, pensou que ia desmaiar, mas uma pontada aguda na perna lhe devolveu dolorosamente a consciência. Uma das garras do anjo tinha despontado entre os arbustos e feito um corte em sua coxa. Irene gritou. O rosto da criatura surgiu atrás deles. Irene tentou fechar os olhos, mas não conseguiu desviar os olhos daquele predador infernal.

Naquele exato momento, a entrada de uma gruta camuflada pelo mato surgiu diante deles. Ismael jogou-se lá dentro, arrastando-a com ele. Por que aquele lugar? Uma cova. Por acaso Ismael pensava que o anjo não iria caçá-los lá dentro? Toda a resposta que obteve foi o barulho das garras arranhando as paredes rochosas da gruta. Ismael continuou a arrastá-la pelo estreito túnel até parar junto de um orifício no solo, um buraco no vazio. Um vento frio impregnado de maresia emanava do interior. Um rumor intenso rugia a distância, no escuro. Água. O mar.

— Pule! — ordenou o jovem.

Irene examinou o buraco negro. A seus olhos, até uma entrada direta para o inferno seria mais atraente.

— O que tem aí embaixo?

Ismael suspirou, exausto. Os passos do anjo soavam próximos, muito próximos.

— É a entrada para a Cova dos Morcegos.
— A outra entrada? Mas você disse que era perigosa!
— Não temos escolha...

Os olhos dos dois se encontraram na penumbra. Dois metros atrás, o anjo negro estalava as garras. Ismael fez um gesto incentivando-a com a cabeça. Irene pegou sua mão e, fechando os olhos, eles pularam no vazio. O anjo pulou atrás deles, atravessou a entrada e caiu no interior da cova.

A queda no escuro parecia infinita. Quando seus corpos finalmente mergulharam no mar, uma fisgada gelada se enfiou por cada poro de sua pele, mordendo. Quando voltaram à superfície, só havia um fio de claridade proveniente de um buraco no alto da gruta. O vaivém da maré jogava os dois contra as paredes de rocha afiada.

— Onde está ele? — perguntou Irene, lutando para dominar o tremor provocado pela temperatura gélida da água.

Por alguns segundos, os dois se abraçaram em silêncio, esperando que a qualquer momento aquela invenção infernal emergisse das profundezas e liquidasse os dois na escuridão daquela caverna. Mas esse momento não veio. E Ismael foi o primeiro a notar.

Os olhos em brasa do anjo brilhavam com intensidade no fundo da gruta. O peso enorme da criatura não permitia que flutuasse. Um rugido de ódio chegou até eles através das águas. Aquela presença que manipulava o anjo se contorcia de raiva ao verificar que seu fantoche assassino tinha caído numa armadilha fatal que o inutilizava. Aquela massa de metal nunca conseguiria ficar na superfície. Estava condenada a permanecer no fundo da cova até que o mar a transformasse numa lataria enferrujada.

Os jovens ficaram ali, vendo o brilho daqueles olhos empalidecer e sumir sob as águas para sempre. Ismael deixou escapar um suspiro de alívio. Irene chorou em silêncio.

— Acabou — murmurava a jovem tremendo. — Acabou.

— Não — disse Ismael. — O anjo era apenas uma máquina, sem vida nem vontade. Alguma coisa a dirigia. A coisa que tentou nos matar ainda está aí.

— Mas o que será?

— Não sei...

Naquele instante, algo explodiu no fundo da caverna. Uma nuvem de borbulhas negras veio à superfície, reunindo-se numa mancha negra que rastejou pelas paredes rochosas até a entrada no vértice da gruta. Depois parou e olhou para os dois.

— Está indo embora? — perguntou Irene, aterrorizada.

Um riso cruel e envenenado inundou a gruta. Ismael negou lentamente com a cabeça.

— Está nos deixando aqui... — disse o jovem — para que a maré faça o serviço...

A sombra escapou através da entrada da cova.

Ismael suspirou e levou Irene até um pequeno rochedo que emergia na superfície e tinha espaço justo para os dois. Içou-a para a pedra e abraçou-a. Os dois tremiam de frio e estavam feridos, mas durante alguns minutos limitaram-se a deitar na pedra e respirar profundamente, em silêncio. Em algum momento, Ismael percebeu que a água roçava seus pés de novo e compreendeu que a maré estava subindo. Quem tinha caído numa armadilha fatal não era o ser que os perseguia. Eram eles...

A sombra tinha abandonado os dois nos braços de uma morte lenta e terrível.

10. ENCURRALADOS

O mar rugia ao quebrar na boca da Cova dos Morcegos. As frias correntes da Baía Negra penetravam com força entre os canais da rocha, criando um rumor ensurdecedor graças ao eco no interior da caverna, mergulhada na escuridão. O orifício de entrada pairava lá em cima, distante e inalcançável, parecendo um olho de cúpula. Em alguns minutos, o nível da água tinha subido vários centímetros. Irene não demorou a perceber que a superfície de pedra em que se encontravam, como dois náufragos, estava diminuindo. Milímetro a milímetro.

— A maré está subindo — murmurou.

Ismael se limitou a concordar, abatido.

— O que vai acontecer conosco? — perguntou ela, adivinhando a resposta, mas esperando que o jovem, inesgotável caixinha de surpresas, tirasse uma carta da manga no último minuto.

Ele lhe lançou um olhar sombrio. As esperanças de Irene morreram na hora.

— Quando a maré sobe, bloqueia a entrada da cova — explicou Ismael. — E a única saída daqui é esse orifício lá no topo, mas não existe nenhuma maneira de chegar até lá daqui de baixo.

Fez uma pausa e seu rosto mergulhou nas sombras.

— Estamos encurralados — concluiu.

A ideia da maré subindo lentamente até afogá-los como ratazanas num pesadelo de escuridão e frio fez o sangue de Irene gelar. Enquanto fugiam daquela criatura mecânica, a adrenalina tinha bombeado tanta excitação em suas veias que sua capacidade de raciocinar ficava embotada. Agora, tremendo de frio no escuro, a perspectiva de uma morte lenta parecia insuportável.

— Tem que ter outro jeito de sair daqui — disse.

— Não, não tem.

— E o que vamos fazer?

— Por enquanto, esperar...

Irene viu que não podia continuar a pressionar Ismael em busca de respostas. Provavelmente, mais consciente do risco que a cova significava, ele estava mais assustado do que ela. E, pensando bem, mudar o rumo daquela conversa não ia fazer mal algum.

— Tem uma coisa... Quando a gente estava em Cravenmoore... — começou. — Quando entrei no quarto, vi uma coisa. Uma coisa sobre Alma Maltisse...

O olhar de Ismael era impenetrável.

— Acho..., acho que Alma Maltisse e Alexandra Jann são a mesma pessoa. Alma Maltisse era o nome de solteira de Alexandra, antes de casar com Lazarus — explicou Irene.

— Isso é impossível. Alma Maltisse se afogou na ilha do farol anos atrás — objetou Ismael.

— Mas ninguém encontrou o corpo...

— É impossível — insistiu o jovem.

— Vi o retrato dela enquanto estava lá naquele quarto e... Também alguém deitado na cama. Uma mulher.

Ismael esfregou os olhos e tentou clarear os pensamentos.

— Um momento. Vamos supor que você tenha razão e Alma Maltisse e Alexandra Jann sejam a mesma pessoa. Quem é a mulher que você viu em Cravenmoore? Quem é a mulher que durante todos esses anos ficou encerrada naquele lugar, assumindo a identidade da esposa doente de Lazarus? — perguntou.

— Não sei... Quanto mais fico sabendo desse assunto, menos entendo — disse Irene. — E tem uma coisa que me preocupa. Que significado tinha a figura que vimos na fábrica de brinquedos? Era uma réplica de minha mãe. Só de pensar nisso fico toda arrepiada. Lazarus está construindo um brinquedo com a cara da minha mãe...

Uma onda de água gelada banhou seus tornozelos. O nível do mar tinha subido pelo menos um palmo desde que estavam ali. Os dois trocaram um olhar angustiado. O mar rugiu de novo e uma torrente de água trovejou na boca da caverna. Aquela noite prometia ser longa.

A meia-noite tinha deixado um rastro de névoa sobre os penhascos que ia subindo degrau por degrau desde o cais da Casa do Cabo. O lampião a óleo ainda balançava na varanda, agonizante. À exceção do barulho do mar e do sussurro das folhas no bosque, o silêncio era absoluto. Dorian estava deitado na cama segurando um copinho de vidro em cujo interior brilhava uma vela acesa. Não queria que sua mãe visse a luz, e além do mais, depois do que tinha acontecido, não confiava mais em seu abajur. A chama dançava caprichosamente sob sua respiração, como o espírito de uma fada de fogo. Um desfile de reflexos revelava formas insuspeitadas em cada canto. Dorian suspirou. Não ia conseguir pregar o olho naquela noite nem por todo o ouro do mundo.

Pouco depois de despedir-se de Lazarus, Simone tinha subido até seu quarto para ver se estava tudo bem com ele. Dorian tinha se encolhido sob os lençóis completamente vestido, em mais uma de suas antológicas interpretações do doce sono dos inocentes. Sua mãe tinha saído do quarto satisfeita e disposta a fazer o mesmo. Isso tinha acontecido horas antes, talvez anos, segundo as contas do menino. A madrugada interminável foi uma oportunidade de verificar como seus nervos estavam tensos: pareciam cordas de um piano. Cada reflexo, cada rangido, cada sombra fazia seu coração disparar a galope.

Lentamente, a chama da vela foi se extinguindo até ficar reduzida a uma diminuta bolha azul, cuja palidez mal conseguia penetrar na penumbra. Num instante, a escuridão voltou a ocupar o espaço que tinha abandonado a contragosto. Dorian podia sentir as gotas de cera quente endurecendo no copo. Apenas alguns centímetros mais adiante, o anjo de chumbo que Lazarus tinha lhe dado de presente olhava para ele em silêncio. "Está bem", pensou Dorian, resolvido a utilizar sua técnica predileta contra insônias e pesadelos: comer alguma coisa.

Afastou os lençóis e se levantou. Resolveu não calçar os sapatos para evitar cem mil rangidos que seus passos produziam cada vez que tentava deslizar às escondidas pela Casa do Cabo. Reunindo toda a coragem que ainda lhe restava, atravessou o quarto na ponta dos pés até a porta. Abrir a porta à meia-noite sem o habitual concerto de dobradiças enferrujadas levou pelo menos uns dez segundos, mas valeu a pena. Acabou de abrir a porta com exagerada lentidão e examinou o panorama. O corredor se perdia na penumbra e a sombra da escada traçava uma trama de claro-escuros sobre a parede. Nem mesmo uma partícula de poeira se movia no ar. Dorian fechou a porta às suas costas e deslizou cuidadosamente até a escada, passando na frente da porta do quarto de Irene.

Sua irmã tinha ido dormir há horas, como sempre com o pretexto de uma terrível dor de cabeça, embora Dorian suspeitasse que ainda estava lendo ou escrevendo suas detestáveis cartas de amor ao namorado marinheiro com quem ultimamente passava todas as horas do dia. Desde o dia em que a viu metida naquele vestido de Simone, sabia que só podia esperar uma coisa dela: problemas. Descendo os degraus à maneira de um explorador índio, Dorian jurou que, se algum dia cometesse a idiotice de se apaixonar, tentaria manter a dignidade. Mulheres como Greta Grabo não estão aí para bobagens. Nada de cartinhas de amor e flores. Podia ser um covarde; mas metido a besta, nunca!

Assim que chegou ao térreo, Dorian notou que a casa estava cercada por um banco de névoa e que a massa vaporosa velava a visão de todas as janelas. O sorriso obtido à custa de zombar mentalmente da irmã desapareceu. "Água condensada", disse aos seus botões. "Não passa de água condensada se deslocando. Química elementar." Com essa tranquilizadora visão científica, ignorou o manto de neblina que entrava pelas frestas das janelas e foi para a cozinha. Quando chegou, viu que o romance entre Irene e o *Capitão Tormenta* tinha lá seus aspectos positivos: desde que começou a sair com ele, Irene não tinha mais tocado na deliciosa caixa de chocolates suíços que Simone guardava na segunda gaveta do armário.

Lambendo os lábios como um gato, Dorian atacou o primeiro bombom. A deliciosa explosão de trufas, amêndoas e cacau anuviou seus sentidos. No que lhe dizia respeito, depois da cartografia, o chocolate era provavelmente a mais nobre invenção da espécie humana até aquela data. Particularmente, os bombons. "Povo engenhoso, os suíços", pensou Dorian. "Relógios e chocolates: a essência da vida." Um som repentino afastou-o por completo de suas plácidas considerações teóricas. Dorian ouviu de novo, paralisado, e o bombom escorregou de seus dedos. Alguém estava batendo na porta.

O menino tentou engolir, mas sua boca estava completamente seca. Dois golpes precisos na porta da casa chegaram de novo a seus ouvidos. Dorian foi para a sala principal, sem tirar os olhos da entrada. O hálito de névoa penetrava por baixo da porta. Mais dois golpes soaram do outro lado da porta. Dorian parou diante dela e hesitou um instante.

— Quem é? — perguntou com voz trêmula.

Dois novos golpes foram toda a resposta. O menino aproximou-se da janela, mas o manto de névoa impedia completamente a visão. Não dava para ouvir passos no alpendre. O estranho tinha ido embora. Provavelmente um viajante perdido, pensou Dorian. Estava resolvido a voltar para a cozinha quando os golpes soaram outra vez, dessa vez no vidro da janela, a 10 centímetros de seu rosto. Seu coração pulou dentro do peito. Dorian retrocedeu lentamente até o meio da sala quando deu com as costas numa cadeira. Instintivamente, o menino agarrou um candelabro de metal com toda a força e agitou-o no ar.

— Vá embora... — sussurrou.

Por uma fração de segundo, teve a impressão de ver um rosto aparecer do outro lado do vidro, no meio da névoa. Pouco depois, a janela se abriu de par em par, impulsionada pela força de um vendaval. Uma onda gelada atravessou seus ossos e Dorian, aterrorizado, deu de cara com uma mancha negra que se espalhava pelo chão.

Uma sombra.

A forma parou diante dele e foi pouco a pouco adquirindo volume, erguendo-se do chão como um fantoche de trevas suspenso por fios invisíveis. O menino tentou atingir o intruso com o candelabro, mas o metal atravessou sua silhueta escura sem nenhum efeito. Dorian deu um passo atrás e a sombra se fechou sobre ele. Duas mãos de vapor negro rodearam sua garganta. Sentiu seu contato gelado na pele. As feições de um rosto desenharam-se diante dele. Um calafrio percorreu seu corpo dos pés à cabeça. O semblante de seu pai se materializou a menos de um palmo de seu rosto. Com um sorriso canino, cruel e cheio de ódio.

— Olá, Dorian. Vim buscar sua mãe. Pode me levar até ela, Dorian? — sussurrou a sombra.

O som daquela voz gelou sua alma. Aquela não era a voz de seu pai. Aquelas luzes demoníacas e ardentes tampouco eram seus olhos. E aqueles dentes longos e afiados que despontavam dos lábios não eram de Armand Sauvelle.

— Você não é meu pai...

O sorriso de lobo da sombra desapareceu e as feições se desmancharam como cera no fogo.

Um rugido animal, de raiva e ódio, arrebentou em seus ouvidos e uma força invisível lançou-o do outro lado da sala. Dorian bateu contra uma das poltronas, que caiu de lado.

Aturdido, o menino levantou-se com dificuldade a tempo de ver a sombra subir a escada como uma poça de alcatrão que ganhasse vida própria, rastejando sobre os degraus.

— Mamãe! — gritou Dorian, correndo para a escada.

A sombra parou um instante e cravou os olhos nele. Seus lábios de obsidiana formaram uma palavra inaudível. Seu nome.

Os vidros das janelas de toda a casa explodiram numa chuva de estilhaços mortais e a neblina penetrou rugindo na Casa do Cabo, enquanto a sombra continuava seu caminho para o andar de cima. Dorian foi atrás, perseguindo aquela forma fantasmagórica que flutuava sobre o solo e avançava em direção à porta do quarto de Simone.

— Não! — gritou o menino. — Não toque na minha mãe.

A sombra sorriu e um instante depois a massa de vapor negro se transformou num torvelinho que se enfiou pela fechadura da porta. Um segundo de silêncio mortal pairou no ar depois que a sombra desapareceu.

Dorian correu para a porta, mas antes que chegasse lá o batente de madeira saiu voando com a força de um furacão, arrancado das dobradiças, e se estatelou furiosamente do outro lado do corredor. Dorian pulou de lado, escapando por um triz.

Quando levantou, uma cena de pesadelo desenrolava-se diante de seus olhos. A sombra corria pelas paredes do quarto de Simone. A silhueta de sua mãe, inconsciente no leito, projetava sua própria sombra na parede. Dorian viu a negra silhueta deslizar pelas paredes até seus lábios tocarem os lábios da sombra de sua mãe. Simone se agitou de modo violento no sono, misteriosamente prisioneira de um pesadelo. Duas garras invisíveis agarraram seu corpo, levantando-o por entre os lençóis. Dorian se colocou no caminho. Mais uma vez, foi atingido por uma fúria incontrolável e jogado fora do quarto. Carregando Simone nos braços, a sombra desceu a escada a toda velocidade. Lutando para não perder os sentidos, Dorian levantou de novo e foi atrás deles até o térreo. A aparição virou e, por um instante, os dois se encararam fixamente.

— Sei quem você é... — murmurou o menino.

A sombra ganhou um novo rosto, desconhecido para ele: as feições de um homem jovem, bem-apessoado, de olhos luminosos.

— Você não sabe nada — disse a sombra.

Dorian viu os olhos da aparição varrerem a sala, parando na porta que conduzia ao porão. A porta de madeira antiga abriu bruscamente e o menino sentiu uma presença invisível que o empurrava para lá sem que pudesse esboçar a menor reação. Rolou pela escada no meio da escuridão. A porta fechou novamente, como uma lápide de pedra irremovível.

Dorian sentiu que perderia os sentidos em poucos segundos. A última coisa que ouviu foi uma risada que lembrava um chacal, enquanto a sombra tomava o rumo do bosque, por entre a névoa.

À medida que a maré ganhava terreno no interior da cova, Irene e Ismael sentiam o cerco mortal se estreitando sobre eles. Uma armadilha claustrofóbica e letal. Irene já tinha esquecido o momento em que a água arrancou os dois do refúgio temporário na pedra. Seus pés já não tinham nenhum ponto de apoio. Estavam à mercê da maré e de sua própria capacidade de resistência. O frio causava uma dor intensa nos músculos. A dor de centenas de alfinetes penetrando na carne. Já estava perdendo a sensibilidade nas mãos e o cansaço ganhava garras de chumbo presas em seus tornozelos e puxando para baixo. Uma voz interior sussurrava que entregassem os pontos e se rendessem ao sono plácido que esperava por eles sob a água. Ismael sustentava a jovem na superfície e sentia seu corpo inteiro tremer em seus braços. Quanto tempo poderia aguentar assim nem ele mesmo sabia. E menos ainda quanto faltava para o dia clarear e a maré começar a baixar.

— Não deixe os braços caírem. Mexa o corpo. Não pare de se mexer — gemeu.

Irene fez que sim, à beira da inconsciência.

— Estou com sono... — murmurou ela, quase delirando.

— Não, não pode dormir agora — ordenou Ismael.

Os olhos de Irene o fitavam sem vê-lo. Ele levantou o braço e tocou o teto rochoso para o qual estavam sendo empurrados pela maré. As correntes internas não permitiam que se aproximasse do orifício no topo, empurrando os dois para o interior da cova, bem longe da única saída possível. Apesar de todos os seus esforços para permanecer embaixo daquela saída, ele não tinha como se segurar e evitar que a força implacável da corrente carregasse os dois a seu bel-prazer. Mal tinham espaço para respirar. E a maré inexorável continuava a subir.

De repente, o rosto de Irene afundou na água. Ismael conseguiu segurá-la e puxar sua cabeça de volta. A jovem estava completamente aturdida. Sabia de homens mais fortes e experimentados que tinham sucumbido assim, à mercê do mar. O frio podia fazer isso com qualquer um. O manto letal tomava os músculos e enevoava a mente, esperando pacientemente que a vítima se entregasse aos braços da morte.

Ismael sacudiu Irene, puxando-a para si. Ela balbuciava palavras sem sentido. Sem pensar duas vezes, Ismael esbofeteou-a com toda a força. Irene abriu os olhos e deixou escapar um grito de pânico. Passou alguns segundos sem saber onde estava. No escuro, mergulhada na água gelada e com o corpo seguro por braços estranhos, ela pensou que estava despertando do pior dos pesadelos. Em seguida, voltou a si. Cravenmoore.

O anjo. A cova. Ismael abraçou-a e ela não conseguiu conter as lágrimas. Gemia como uma menina assustada.

— Não me deixe morrer aqui — sussurrou.

O jovem recebeu aquelas palavras como uma punhalada envenenada.

— Você não vai morrer aqui. Juro. Não vou deixar. A maré já vai começar a baixar e acho que a cova não vai encher completamente... Temos que aguentar mais um pouco. Só um pouco mais e vamos sair daqui.

Irene fez que sim e agarrou-se com mais força a ele. Quem dera que Ismael confiasse nas próprias palavras tanto quanto sua companheira.

Lazarus Jann subiu lentamente os degraus da escadaria principal de Cravenmoore. A aura de uma presença estranha flutuava sob o halo da luminária colocada no vértice da cúpula. Sentia isso no cheiro do ar, no modo como as partículas de poeira teciam sua rede de pequenos pontos prateados ao cruzar com a luz. Quando chegou ao segundo andar, seus olhos pousaram sobre a porta no final do corredor, além do cortinado. Estava aberta. Suas mãos começaram a tremer.

— Alexandra?

O frio hálito do vento levantou os véus que pendiam no corredor escuro. Um pressentimento sombrio se abateu sobre ele. Lazarus fechou os olhos e levou a mão às costelas. Uma fisgada de dor tinha apunhalado seu peito, prolongando-se até o braço direito, como um riacho de pólvora acesa, pulverizando seus nervos com crueldade.

— Alexandra? — gemeu de novo.

Correu até a porta do quarto e parou na soleira ao ver os sinais de luta e as janelas quebradas, abandonadas à fria neblina que flutuava desde o bosque. Apertou o punho até sentir as unhas cravarem na palma da mão.

— Maldito...

Em seguida, limpando o suor frio que banhava sua testa, foi até o leito e, com infinita delicadeza, afastou as cortinas do dossel.

— Sinto muito, querida... — disse enquanto sentava na beira da cama. — Sinto muito...

Um som estranho captou sua atenção. A porta do quarto balançava lentamente, de um lado para o outro. Lazarus levantou e aproximou-se cautelosamente da soleira.

— Quem está aí? — perguntou.

Não obteve resposta, mas a porta parou. Lazarus deu alguns passos na direção do corredor e examinou a escuridão. Quando ouviu o zumbido logo acima dele, já era tarde demais. Um golpe seco na nuca derrubou-o no chão, semi-inconsciente. Sentiu que alguém o segurava pelos ombros, arrastando-o para o corredor. Seus olhos conseguiram captar a visão fugaz: *Christian*, o autômato que guardava a porta principal. O autômato virou seu rosto para ele. Um brilho cruel reluzia em seus olhos.

Logo em seguida, perdeu os sentidos.

Ismael pressentiu a chegada do amanhecer quando as correntes, que durante toda a noite tinham empurrado os dois inelutavelmente para o interior da caverna, começaram a bater em retirada. As mãos invisíveis do mar foram relaxando lentamente, permitindo que arrastasse Irene, totalmente inconsciente, para a parte mais alta da caverna, onde o nível do mar ainda concedia um pequeno espaço de ar. Quando a claridade refletida no fundo arenoso da cova estendeu uma trilha de luz pálida até a boca da cova e a maré começou realmente a baixar, Ismael deixou escapar um grito de alegria que ninguém, nem mesmo sua companheira, pôde ouvir. O jovem sabia que a própria cova indicaria o caminho da saída para a laguna e o ar livre à medida que o nível do mar fosse descendo.

Por umas duas horas, possivelmente, Irene só permanecia na superfície graças à ajuda de Ismael. Ela mal conseguia se manter acordada. Seu corpo nem tremia mais, ondulava simplesmente na corrente como um objeto inanimado. Enquanto esperava pacientemente que a maré os levasse para a saída, Ismael compreendeu que, se ele não estivesse lá, Irene já estaria morta há horas.

Enquanto continuava a segurá-la e a murmurar palavras de estímulo que a moça não podia ouvir, o jovem começou a recordar as histórias que a gente do mar contava sobre os encontros com a morte, dizendo que, quando alguém salvava a vida de outro alguém no mar, suas almas ficavam unidas para sempre por um vínculo invisível.

Pouco a pouco, a corrente foi se retirando e Ismael conseguiu arrastar Irene para a laguna, passando pela boca da gruta. Enquanto o jovem a levava para a beira-mar, o amanhecer tecia sua trança cor de âmbar no horizonte. Quando Irene abriu os olhos, ainda tonta, descobriu o rosto sorridente de Ismael olhando para ela.

— Estamos vivos — murmurou ele.

Irene fechou os olhos, exausta.

Ismael contemplou a luz da alvorada iluminando o bosque e o penhasco. Era o espetáculo mais maravilhoso que já tinha visto em toda a sua vida. Em seguida, lentamente, deitou ao lado de Irene na areia branca, rendendo-se ao cansaço. Nada conseguiria despertar os dois daquele sono. Nada.

11. O ROSTO SOB A MÁSCARA

A primeira coisa que Irene viu quando acordou foi um par de olhos negros e impenetráveis que a observavam com toda a calma. A jovem retrocedeu bruscamente e, assustada, a gaivota levantou voo. Sentiu os lábios secos e doloridos, a pele ardendo e repuxando. Pontadas queimavam em todo o corpo e os músculos estavam em pandarecos. Seu cérebro parecia gelatina. Teve ânsias de vômito, da boca do estômago até a cabeça. Quando tentou levantar, compreendeu que aquele fogo estranho que parecia corroer sua pele como um ácido era o sol. Um sabor amargo encheu sua boca. A miragem de algo que parecia ser uma pequena enseada entre as pedras flutuava a seu redor como um carrossel. Nunca tinha se sentido pior em toda a sua vida.

Deitou-se de novo e percebeu a presença de Ismael a seu lado. Se não fosse a respiração entrecortada, Irene poderia jurar que estava morto. Esfregou os olhos e colocou sua mão toda ferida no pescoço do companheiro. Pulso. Irene acariciou o rosto de Ismael, que logo em seguida abriu os olhos. O sol o deixou cego por alguns instantes.

— Você está horrível... — murmurou ele, sorrindo com dificuldade.

— Só porque você não pode se ver — replicou ela.

Como dois náufragos arremessados na praia por um vendaval, levantaram cambaleando e buscaram a proteção de uma sombra embaixo dos restos de um tronco caído perto do penhasco. A gaivota que tinha velado seu sono voltou a pousar na areia: ainda não tinha satisfeito sua curiosidade.

— Que horas serão? — perguntou Irene, lutando contra a dor que martelava suas têmporas.

Ismael exibiu o relógio. O mostrador estava cheio d'água e o ponteiro, solto, parecia uma enguia petrificada num aquário. O jovem protegeu os olhos com as mãos e observou o sol.

— Passa de meio-dia.

— Quanto tempo dormimos? — perguntou ela.

— Não o bastante — replicou Ismael. — Poderia dormir uma semana inteira.

— Não temos tempo para dormir agora — apressou Irene.

Ele concordou e examinou os penhascos em busca de uma subida praticável.

— Não vai ser fácil. Só sei chegar à laguna pelo mar... — começou.

— O que tem atrás dos penhascos?

— O bosque que atravessamos à noite.

— E o que estamos esperando?

Ismael estudou de novo o penhasco. Uma selva de rochas afiladas se erguia diante deles. Escalar aquelas pedras ia ser demorado, sem falar na grande possibilidade de entrarem em choque com a lei da gravidade e acabarem com a cabeça quebrada. A imagem de um ovo se espatifando no chão desfilou por sua mente. "Um final perfeito", pensou.

— Sabe escalar? — perguntou Ismael.

Irene deu de ombros. O jovem observou seus pés descalços cobertos de areia. A pele branca dos braços e das pernas sem proteção alguma.

— Fiz ginástica na escola e era uma das melhores escalando a corda — disse ela. — Acho que é a mesma coisa.

Ismael suspirou. Seus problemas não tinham chegado ao fim.

Durante alguns segundos, Simone Sauvelle voltou a ter 8 anos. Voltou a ver as luzes de cobre e prata traçando caprichosas aquarelas de fumaça. Voltou a sentir o cheiro intenso de cera queimada, a ouvir as vozes sussurrando na penumbra e a dança invisível de centenas de velas ardendo naquele palácio de mistérios e encantamentos: a antiga catedral de Saint Étienne. Mas o feitiço não durou mais que alguns segundos.

Em seguida, à medida que seus olhos cansados percorriam as trevas tenebrosas que a cercavam, Simone entendeu que aquelas velas não eram de nenhuma capela, que as manchas de luz que dançavam nas paredes eram velhas fotografias e que aquelas vozes, murmúrios distantes, só existiam em sua mente. Adivinhou instintivamente que não estava na Casa do Cabo nem em nenhum lugar que conseguisse recordar. Sua memória só devolvia um eco confuso das últimas horas. Recordava que tinha conversado com Lazarus na varanda. Recordava que tinha bebido um copo de leite quente antes de se deitar e recordava as últimas palavras que tinha lido no livro que estava em sua mesa de cabeceira.

Depois da luz apagada, lembrava vagamente de um sonho com gritos de um menino e de uma sensação absurda de acordar em plena madrugada para observar uma sombra que parecia caminhar na escuridão. Depois disso, a memória se apagava como as bordas de um desenho inacabado. Suas mãos apalparam um tecido de algodão e descobriu que ainda estava de camisola. Levantou e foi devagar até o mural que refletia a luz de dezenas de velas brancas, alinhadas sem cuidado nos dois braços de vários candelabros sulcados por lágrimas de cera.

As chamas murmuravam em uníssono: aquele era o som que confundiu com vozes. A luz áurea de todas aquelas velas ardentes dilatou suas pupilas e uma rara lucidez penetrou em sua mente. As lembranças foram voltando uma a uma como as primeiras gotas de uma chuva ao amanhecer. Junto com elas, veio o primeiro impulso de pânico.

Recordou o frio contato de mãos invisíveis arrastando-a nas trevas. Recordou uma voz que murmurava em seu ouvido enquanto cada músculo de seu corpo se petrificava, incapaz de reagir. Recordou uma forma feita de sombras que a carregava através do bosque. Recordou aquela sombra espectral murmurando seu nome e o momento em que, paralisada de terror, tinha compreendido que nada daquilo era um pesadelo. Simone fechou os olhos e levou as mãos à boca, afogando um grito.

Seus primeiros pensamentos foram para seus filhos. O que teria acontecido com Irene e Dorian? Ainda estariam em casa? Aquela aparição indescritível teria ido atrás deles também? Uma força lancinante marcava cada uma dessas questões a ferro e fogo em sua alma. Correu até uma espécie de porta e forçou a fechadura inutilmente, gritando e gemendo até que o cansaço e o desespero foram mais fortes do que ela. Paulatinamente, uma fria serenidade a trouxe de volta à realidade.

Estava presa. Tinha sido encerrada naquele lugar por seu sequestrador, que provavelmente também pegara seus filhos. Pensar que poderiam estar feridos estava fora de cogitação no momento. Se queria fazer alguma coisa por eles, tinha que evitar qualquer onda de pânico, para manter o controle de cada um de seus pensamentos. Simone apertou os punhos com força, repetindo essas palavras para si mesma. Respirou profundamente com os olhos fechados, sentindo seu coração recuperar um ritmo normal.

Em seguida, reabriu os olhos e examinou detidamente o aposento em que estava. Quanto mais cedo compreendesse o que estava acontecendo, mais rápido conseguiria sair dali para socorrer Irene e Dorian.

A primeira coisa que registrou foram os móveis, pequenos e austeros. Móveis de criança, de construção simples, beirando à pobreza. Estava no quarto de uma criança, mas seu instinto dizia que não era ocupado por uma criança havia muito tempo. A presença que impregnava aquele lugar, quase tangível, fosse quem fosse, emanava velhice, decrepitude. Simone foi até a cama e sentou, contemplando o quarto daquele ângulo. Tudo o que conseguia pressentir era escuridão. Maldade.

O lento veneno do medo começou a circular em suas veias, mas Simone ignorou seus sinais de aviso e, pegando um candelabro, aproximou-se da parede. Uma infinidade de recortes e fotografias formavam um mural que se perdia na penumbra. Percebeu o extraordinário capricho do arranjo na parede. Um sinistro museu de recordações se desdobrava diante de seus olhos, e cada um daqueles recortes parecia proclamar em silêncio a existência de algum significado para tudo aquilo. Uma voz que tentava se fazer ouvir desde o passado. Simone aproximou a vela a um palmo da parede e deixou que a torrente de fotos e gravuras, de palavras e desenhos, a inundasse.

Num relance captou a presença de um nome familiar numa das dezenas de notícias: Daniel Hoffmann. O nome despertou sua memória como um relâmpago. O misterioso personagem de Berlim, cuja correspondência devia ser separada, segundo as instruções de Lazarus. O estranho indivíduo cujas cartas, como Simone tinha constatado acidentalmente, eram jogadas ao fogo. No entanto, havia alguma coisa naquela história que não se encaixava. O homem de quem as notícias falavam não morava em Berlim e, a julgar pelas datas de publicação dos jornais, devia ter atualmente uma idade bastante avançada. Confusa, Simone mergulhou no texto da notícia.

O Hoffmann dos recortes era um homem rico, extraordinariamente rico. Um pouco mais adiante, a primeira página do *Le Figaro* publicava a notícia de um incêndio numa fábrica de brinquedos. Hoffmann teria morrido na tragédia. As chamas consumiam o edifício e uma multidão se acotovelava, paralisada pelo espetáculo infernal. Entre eles, um menino de olhos assustados encarava a câmera, perdido.

O mesmo olhar aparecia em outro recorte. Dessa vez, o jornal noticiava a tenebrosa história de um menino que permaneceu sete dias trancado num porão, abandonado no escuro. Foi descoberto por agentes da polícia que tinham encontrado sua mãe morta num dos quartos. O rosto do menino, que devia ter apenas 8 anos, era um espelho sem fundo.

Um intenso calafrio percorreu seu corpo quando as peças de um sinistro quebra-cabeça começaram a se encaixar em sua mente. Mas ainda não tinha acabado e o fascinante poder daquelas imagens era hipnótico. Os recortes avançavam no tempo. Muitos deles falavam de pessoas desaparecidas. De gente cujos nomes Simone nunca tinha ouvido falar. Entre eles, destacava-se uma jovem de beleza resplandecente, Alexandra Alma Maltisse, herdeira de um império metalúrgico de Lyon, de quem uma revista de Marselha dizia que estava noiva de um jovem e prestigioso engenheiro e inventor de brinquedos,

Lazarus Jann. Junto àquele recorte, uma série de fotografias mostrava o maravilhoso casal doando brinquedos a um orfanato de Montparnasse. Os dois transbordavam de felicidade e luminosidade. "Tenho o firme propósito de garantir que todas as crianças deste país, seja qual for a sua situação, possam ter um brinquedo", declarava o inventor na legenda da foto.

Seguindo adiante, outro jornal anunciava o casamento de Lazarus Jann e Alexandra Alma Maltisse. A fotografia oficial da cerimônia foi tirada ao pé da escadaria de Cravenmoore.

Um Lazarus pleno de juventude abraçava sua noiva. Não havia uma única nuvem toldando aquela imagem de sonho. O jovem e empreendor Lazarus Jann tinha adquirido a suntuosa mansão com a intenção de fazer dela o seu lar nupcial. Várias imagens de Cravenmoore ilustravam a matéria.

A sucessão de imagens e recortes se prolongava mais e mais, aumentando a galeria de personagens e acontecimentos do passado. Simone parou e voltou atrás. O rosto daquele menino, perdido e aterrorizado, não a abandonava. Deixou os olhos penetrarem naquele olhar desolado e, lentamente, reconheceu um olhar no qual tinha depositado esperanças e amizade. Aquele olhar não era de Jean Neville, como tinha dito Lazarus. Aquele era um olhar conhecido, dolorosamente conhecido. Era o olhar de Lazarus Jann.

Uma nuvem sombria enevoou seu coração. Respirou fundo e fechou os olhos. Por alguma razão, antes mesmo que a voz soasse às suas costas, Simone já sabia que havia mais alguém naquele quarto.

Ismael e Irene chegaram ao topo dos penhascos um pouco antes das quatro da tarde. Seus braços e pernas cruelmente arranhados e cortados pelas pedras eram testemunhas da dificuldade da escalada. Era o preço cobrado para permitir que trilhassem o caminho proibido. Por mais que Ismael esperasse enfrentar muita dificuldade na subida, a realidade se mostrou bem pior e mais perigosa do que tinha imaginado. Sem reclamar um segundo ou abrir a boca para lamentar os arranhões que faziam estragos em sua pele, Irene tinha demonstrado uma coragem que nunca vira antes.

A jovem enfrentara a escalada, encarando riscos que ninguém, em seu juízo perfeito, aceitaria. Quando por fim chegaram ao limiar do bosque, Ismael se limitou a abraçá-la em silêncio. Nem toda a água do oceano seria capaz de apagar a força que ardia dentro daquela moça.

— Cansada?

Sem fôlego, Irene negou com a cabeça.

— Ninguém nunca lhe disse que é a pessoa mais determinada que existe neste planeta?

Um meio sorriso brotou em seus lábios.

— Espere até conhecer minha mãe.

Antes que Ismael pudesse responder, ela pegou sua mão e puxou-o para o bosque. Às suas costas, a laguna brilhava por trás do abismo.

Se alguém viesse lhe dizer que um dia ia escalar aqueles penhascos infernais, ele jamais acreditaria. Mas no que dizia respeito a Irene, estava disposto a acreditar em qualquer coisa.

Simone virou-se lentamente para as sombras. Podia sentir a presença do intruso, podia até ouvir o sussurro de sua respiração pausada. Mas não podia vê-lo. A luz das velas só alcançava um halo limitado, além do qual o quarto se transformava num vasto palco sem fundo. Simone examinou a penumbra que escondia o visitante. Uma estranha serenidade a dominava, possibilitando uma lucidez de pensamento surpreendente. Seus sentidos pareciam captar cada minúsculo detalhe de tudo o que a rodeava com uma precisão arrepiante. Sua mente registrava cada vibração do ar. Cada som, cada reflexo. Assim, entrincheirada naquele estranho estado de tranquilidade, ficou em silêncio frente às trevas, esperando que o visitante se revelasse.

— Não esperava vê-la aqui — disse finalmente a voz mergulhada nas sombras, uma voz fraca, distante. — Está com medo?

Simone negou com a cabeça.

— Ótimo. Não precisa mesmo. Não precisa ter nenhum medo.

— Vai continuar escondido, Lazarus?

Um longo silêncio seguiu a pergunta. A respiração de Lazarus ficou mais audível.

— Prefiro ficar aqui — respondeu ele finalmente.

— Por quê?

Algo faiscou na penumbra. Um brilho fugaz, quase imperceptível.

— Por que não se senta, madame Sauvelle?

— Prefiro ficar de pé.

— Como quiser. — O homem fez uma nova pausa. — Deve estar se perguntando o que aconteceu.

— Entre outras coisas — cortou Simone, o fio da indignação despontando no tom de voz.

— Talvez seja mais simples você formular as perguntas para eu tentar responder.

Simone deixou escapar um suspiro de raiva.

— Minha primeira e última pergunta é onde está a saída — espetou.

— Temo que isso seja impossível. Pelo menos por enquanto.

— Por que não?

— É sua outra pergunta?

— Onde estou?

— Em Cravenmoore.

— Como cheguei aqui e por quê?

— Alguém a trouxe...

— Você?

— Não.

— Quem?

— Alguém que não conhece... ainda.

— Onde estão meus filhos?

— Não sei.

Simone avançou para as sombras, o rosto vermelho de ódio.

— Maldito bastardo!...

Dirigiu seus passos para o lugar de onde vinha a voz. Paulatinamente, seus olhos distinguiram uma silhueta numa poltrona. Lazarus. Mas havia algo estranho em seu rosto. Simone parou.

— É uma máscara — disse Lazarus.

— Mas por quê? — perguntou ela, sentindo que sua serenidade se evaporava vertiginosamente.

— As máscaras revelam o verdadeiro rosto das pessoas...

Simone lutou para não perder a calma. Render-se à raiva não a levaria a nada.

— Onde estão meus filhos? Por favor...

— Já lhe disse, madame Sauvelle. Não sei.

— O que vai fazer comigo?

Lazarus abriu uma das mãos, envolta numa luva negra. A superfície da máscara brilhou de novo. Era esse o reflexo que tinha visto antes.

— Não vou lhe fazer nada de mal, Simone. Não precisa ter medo. Tem que confiar em mim.

— Um pedido meio fora de lugar, não acha?

— Para seu próprio bem. Estou tentando protegê-la.

— De quem?

— Sente-se, por favor.

— O que diabos está acontecendo aqui? Por que não diz de uma vez o que está havendo?

Simone notou que sua voz se transformava num fio quebradiço e infantil. Reconhecendo o limiar da histeria, apertou os punhos e respirou profundamente. Retrocedeu alguns passos e sentou numa das cadeiras que cercavam uma mesa vazia.

— Obrigado — murmurou Lazarus.

Ela deixou escapar uma lágrima em silêncio.

— Antes de mais nada, quero que saiba que sinto profundamente que tenha sido envolvida nisso tudo. Nunca pensei que ia acontecer assim — declarou o fabricante de brinquedos.

— Nunca existiu nenhum menino chamado Jean Neville, não é? — perguntou Simone. — Esse menino era você. A história que me contou... era uma meia verdade sobre sua própria história.

— Vejo que andou lendo minha coleção de recortes. Acho que isso deve ter levado você a formar algumas ideias interessantes, mas equivocadas.

— A única ideia que formei, sr. Jann, é que o senhor é uma pessoa doente que precisa de ajuda. Não sei como conseguiu me trazer para cá, mas garanto que assim que sair deste lugar, vou direto para a delegacia de polícia. Sequestro é um delito...

Mas suas palavras soavam tão ridículas quanto fora de lugar.

— Devo entender então que pretende renunciar a seu emprego, madame Sauvelle?

Aquela estranha ponta de ironia acendeu um sinal de alerta no espírito de Simone. Aquele comentário não parecia coisa do Lazarus que conhecia. Apesar de ter ficado bem claro que não o conhecia nem um pouco.

— Pode entender o que quiser — replicou friamente.

— Certo. Nesse caso, antes que procure as autoridades, coisa para a qual tem todo o meu apoio, permita que coloque as peças que faltam na história que com certeza formou em sua mente.

Simone observou a máscara, pálida e desprovida de qualquer expressão. Um rosto de porcelana do qual emergia aquela voz fria e distante. Seus olhos eram apenas dois poços escuros.

— Como poderá ver, cara Simone, a única moral que se pode tirar dessa história é que na vida real, ao contrário da ficção, nada é o que parece...

— Prometa uma coisa, Lazarus — interrompeu ela.

— Se estiver a meu alcance...

— Prometa que vai me deixar ir embora com meus filhos se eu ouvir sua história. E juro que não vou procurar as autoridades. Assim que encontrar minha família, abandonarei essa cidade para sempre. Nunca mais ouvirá falar de mim — suplicou Simone.

A máscara guardou alguns minutos de silêncio.

— É isso que deseja?

Ela fez que sim, contendo as lágrimas.

— Estou decepcionado com você, Simone. Achei que éramos amigos. Bons amigos.

— Por favor...

A máscara cerrou o punho.

— Está bem. Se o que deseja é encontrar seus filhos, vai encontrá-los. No seu devido tempo...

— A senhora lembra-se de sua mãe, madame Sauvelle? Todas as crianças têm um lugar reservado no coração para a mulher que os trouxe ao mundo. É como um ponto de luz que não se apaga nunca. Uma estrela no céu. Pois eu passei a maior parte da minha vida tentando apagar esse ponto. Esquecê-lo completamente. Mas não é fácil. Não é. Espero que antes de me julgar e condenar, possa realmente escutar a minha história. Serei breve. As boas histórias precisam de poucas palavras...

"Vim ao mundo na noite de 26 de dezembro de 1882, numa velha casa da mais escura e retorcida viela do distrito de Les Gobelins, em Paris. Um lugar tenebroso e insalubre, sem dúvida. Já leu Victor Hugo, madame Sauvelle? Se tiver lido, sabe do que estou falando. Foi ali que minha mãe, com a ajuda de uma vizinha, Nicole, deu à luz um bebezinho. Era um inverno tão frio que parece que levei alguns minutos para chorar como fazem todos os bebês. Tanto que, por um instante, minha mãe ficou convencida de que eu tinha nascido morto. Quando viu que não, a pobre infeliz interpretou o fato como um milagre e resolveu, divina ironia, batizar-me com o nome de Lazarus.

"Lembro-me dos anos de minha infância como uma sucessão de gritos nas ruas e de longas doenças de minha mãe. Uma de minhas primeiras lembranças é estar sentado nos joelhos de Nicole, a vizinha, ouvindo a boa mulher contar que minha mãe estava muito doente, que não podia atender meus chamados e que eu precisava me comportar bem e ir brincar com as outras crianças. As outras crianças a que se referia era um grupo de meninos esfarrapados que mendigavam de sol a sol e aprendiam antes dos sete anos que para sobreviver naquele bairro era preciso se transformar num bandido ou num funcionário. Nem preciso dizer qual era a alternativa favorita.

"A única luz de esperança naqueles dias era um personagem misterioso que povoava nossos sonhos. Seu nome era Daniel Hoffmann e para todos nós era sinônimo de fantasia, tanto que muitos até duvidavam de sua existência. Segundo a lenda, Hoffmann percorria as ruas de Paris com diferentes disfarces e identidades, distribuindo brinquedos, que ele mesmo construía em sua fábrica, para as crianças pobres. Todas as crianças de Paris já tinham ouvido falar dele e todos sonhavam com o dia em que seriam escolhidos pela sorte.

"Hoffmann era o imperador da magia, da imaginação. Só uma coisa podia vencer a força de seu fascínio: a idade. À medida que as crianças cresciam e que seu espírito perdia a capacidade de fantasiar, de brincar, o nome de Daniel Hoffmann se apagava completamente de sua memória até que um dia, já adultos, eram incapazes de reconhecer seu nome quando o ouviam dos lábios dos próprios filhos...

"Daniel Hoffmann foi o maior fabricante de brinquedos que já existiu. Possuía uma grande fábrica no distrito de Les Gobelins, que parecia uma grande catedral erguida no meio das trevas daquele bairro fantasmagórico perigoso e miserável. Uma torre pontiaguda como uma agulha erguia-se no centro do edifício, cravando-se nas nuvens. Era de lá que os sinos anunciavam a aurora e o crepúsculo todos os dias do ano. O eco daqueles sinos podia ser ouvido em toda a cidade. Todas as crianças do bairro conhecíamos o prédio, mas os adultos não podiam vê-lo e acreditavam que o local era ocupado por um imenso pântano impenetrável, um terreno baldio no coração das trevas de Paris.

"Ninguém nunca tinha visto o verdadeiro rosto de Daniel Hoffmann. Corria o boato de que o criador dos brinquedos ocupava uma sala no alto da torre e que não saía de lá, exceto quando se aventurava, disfarçado, pelas ruas de Paris ao anoitecer distribuindo brinquedos para as crianças deserdadas da cidade. Em troca, só pedia uma coisa: o coração das crianças, sua promessa de amor e obediência. Qualquer criança do bairro entregaria seu coração sem hesitar, mas nem todos recebiam o chamado. A lenda falava de centenas de disfarces diferentes ocultando sua identidade. Havia quem afirmasse que Daniel Hoffmann nunca usava a mesma fantasia mais de uma vez.

"Mas voltemos à minha mãe. A doença a que Nicole se referia é um mistério para mim até hoje. Imagino que algumas pessoas, assim como certos brinquedos, às vezes nascem com uma falha de origem. De certo modo, isso nos transforma em brinquedos quebrados, não acha? O caso é que a doença de minha mãe se traduziu com o tempo numa perda progressiva das faculdades mentais. Quando o corpo está ferido, a mente não demora muito para se desviar de seu caminho. É a lei da vida.

"Foi assim que aprendi a crescer tendo a solidão como única companheira e a sonhar com o dia em que Daniel Hoffmann viria me socorrer. Lembro que todas as noites, antes de deitar, pedia a meu anjo da guarda que me levasse até ele. Todas as noites. E foi assim também, acho eu, que, estimulado pela fantasia de Hoffmann, comecei a fabricar meus próprios brinquedos.

"Usava restos encontrados nas lixeiras do bairro. E, assim, construí meu primeiro trem e um castelo com três andares. Depois, foi a vez de um dragão de papelão seguido por uma máquina de voar, muito antes que os aeroplanos fossem uma visão comum nos nossos céus. Mas o meu brinquedo favorito era *Gabriel*. *Gabriel* era um anjo. Um anjo maravilhoso que forjei com minhas próprias mãos para me proteger da escuridão e dos perigos do destino. Foi construído com os restos de um ferro de passar e quinquilharias que arranjei numa tecelagem abandonada, duas ruas depois da nossa. Mas *Gabriel*, meu anjo da guarda, teve uma vida curta.

"No dia em que minha mãe descobriu todo o meu arsenal de brinquedos, *Gabriel* foi condenado à morte.

"Minha mãe me arrastou para o porão do prédio e lá, falando baixinho e sem parar de olhar para todos os lados, como se temesse que alguém estivesse espreitando nas sombras, contou que alguém tinha falado com ela em sonhos. Seu confidente tinha feito a seguinte revelação: os brinquedos, todos os brinquedos, eram uma invenção de Lúcifer em pessoa. Com eles, o diabo esperava condenar as almas de todas as crianças do mundo. Naquela mesma noite, *Gabriel* e todos os meus brinquedos foram parar na fornalha da caldeira.

"Minha mãe insistiu que tínhamos de destruí-los juntos, até ter certeza de que estavam reduzidos a cinzas. Do contrário, a sombra de minha alma maldita, explicou ela, viria atrás de mim. Cada mancha em meu comportamento, cada falta, cada desobediência, ficava marcada nessa alma. Uma sombra que eu carregava sempre comigo e que era o reflexo de como eu era mau e desconsiderado com ela, com o mundo...

"Nessa época eu tinha 7 anos.

"Foi nesse período que a doença de minha mãe começou a piorar. Ela começou a me prender no porão, onde, segundo ela, a sombra não poderia me encontrar se viesse atrás de mim. Durante esses longos castigos, mal me atrevia a respirar, com medo de que meus suspiros chamassem a atenção da sombra, do reflexo malvado de minha alma fraca, e me levasse diretamente para o inferno. Tudo isso deve parecer cômico, ou pior, trágico, a seus olhos, madame Sauvelle, mas para aquele menino ainda tão pequeno era a apavorante realidade de cada dia.

"Não quero aborrecê-la com mais detalhes sórdidos daqueles tempos. Basta dizer que, num desses períodos em que fiquei preso, minha mãe perdeu completamente o juízo que ainda lhe restava e acabei ficando uma semana inteira preso no porão, sozinho no escuro. Imagino que já deve ter lido o recorte. Uma dessas histórias que a imprensa adora colocar na primeira página dos jornais. As más notícias, sobretudo se forem escabrosas e arrepiantes, abrem os bolsos do público com espantosa eficiência. Nessa altura, deve estar se perguntando: o que faz uma criança presa num porão escuro durante sete dias e sete noites?

"Em primeiro lugar, permita que diga que depois de algumas horas privado de luz, o ser humano perde a noção do tempo. As horas se transformam em minutos ou segundos. Ou semanas, se preferir. O tempo e a luz estão estreitamente ligados. O caso é que nesse período aconteceu uma coisa realmente prodigiosa. Um milagre. Meu segundo milagre, se quiser, depois daqueles minutos em silêncio ao nascer.

"Minhas preces surtiram efeito. Todas aquelas noites rezando em silêncio não foram em vão. Há quem chame de sorte, há quem chame de destino.

"Daniel Hoffmann veio me procurar. A mim. Entre todas as crianças de Paris, eu fui o escolhido para receber sua graça naquela noite. Ainda me lembro da tímida batida na janelinha que dava para a rua. Eu não conseguia alcançá-la, mas consegui responder à voz que me chamou do exterior, a voz mais maravilhosa e bondosa que jamais ouvi. Uma voz que apagava a escuridão e derretia o medo de um pobre menino como o sol derrete o gelo. E sabe de uma coisa, Simone? Daniel Hoffmann me chamou pelo meu nome.

"E eu abri a porta do meu coração para ele. Pouco depois, fez-se uma luz maravilhosa no porão e Hoffmann apareceu do nada, vestindo um deslumbrante terno branco. Era um anjo, um verdadeiro anjo de luz. Nunca vi ninguém que irradiasse aquela aura de beleza e paz.

"Naquela noite, Daniel Hoffmann e eu conversamos intimamente, como nós dois estamos fazendo agora. Nem precisei falar de *Gabriel* e dos outros brinquedos; ele já sabia. Hoffmann era um homem bem-informado, entende? Também conhecia as histórias que minha mãe tinha contado sobre a sombra. Sabia de tudo. Aliviado, confessei que essa sombra tinha realmente me aterrorizado. Não pode imaginar a compaixão, a compreensão que emanava daquele homem. Ouviu pacientemente o relato de tudo o que eu tinha vivido e pude sentir que partilhava o meu sofrimento, a minha angústia. E sobretudo compreendia qual era o maior dos meus medos, o pior dos meus pesadelos: a sombra. Minha própria sombra, aquele espírito maligno que me seguia por todo lado e que carregava todo o mal que havia em mim...

"Foi Daniel Hofmann quem me disse o que devia fazer. Até então eu não passava de um pobre ignorante, entende? O que podia saber de sombras? O que podia saber daqueles misteriosos espíritos que visitam a gente no sonho e falam do futuro e do passado? Nada.

"Mas ele sabia. Ele sabia tudo. E estava disposto a me ajudar.

"Naquela noite, Daniel Hoffmann me revelou o futuro. Disse que eu estava destinado a sucedê-lo à frente de seu império. Explicou que todos os seus conhecimentos, toda a sua arte seriam meus um dia e que o mundo de pobreza que me cercava desapareceria para sempre. Colocou nas minhas mãos um futuro que eu não me atrevia nem a sonhar. Um futuro. Até então, nem sabia o que era isso. E ele me deu um futuro de presente. E só pediu uma coisa em troca. Uma pequena promessa insignificante: devia entregar meu coração a ele. Só a ele e a ninguém mais.

"O fabricante de brinquedos ainda perguntou se eu sabia o que isso significava. Respondi que sim, sem hesitar um instante. Claro que podia contar com meu coração: ele era a única pessoa que tinha se portado bem comigo. A única pessoa a se importar comigo. Ele disse que, se esse era o meu desejo, logo sairia dali e nunca mais voltaria a ver aquela casa, nem aquele lugar, nem mesmo a minha mãe. E o mais importante: disse que não precisava me preocupar mais com a sombra. Se fizesse o que ele me pedia, o futuro se abriria diante de mim, límpido e luminoso.

"Perguntou se confiava nele. Acenei que sim. Naquele momento, ele tirou um vidrinho de cristal, parecido com o que se usa para guardar perfumes. Sorrindo, destampou o vidro e meus olhos tiveram uma visão espantosa. Minha sombra, meu reflexo na parede, transformou-se numa mancha dançante. Uma nuvem de escuridão que foi absorvida pelo frasco, capturada para sempre em seu interior. Daniel Hoffmann fechou o vidrinho e entregou-o a mim. O vidro estava frio como gelo.

"Ele explicou que a partir daquele momento meu coração lhe pertencia e que logo, muito em breve, todos os meus problemas desapareceriam. Se eu não faltasse a meu juramento. Respondi que jamais poderia fazer uma coisa dessas. Ele sorriu carinhosamente e me deu um presente. Um caleidoscópio. Pediu que fechasse os olhos e pensasse com todas as minhas forças naquilo que mais desejava no universo. Enquanto fazia isso, ele se ajoelhou diante de mim e beijou minha testa. Quando reabri os olhos, ele não estava mais lá.

"Uma semana depois, a polícia, avisada por um informante anônimo que contou tudo o que acontecia em minha casa, veio me tirar daquele buraco. Minha mãe tinha morrido...

"A caminho da delegacia, vi as ruas se inundarem de carros de bombeiro. Dava para sentir o cheiro do fogo no ar. Os policiais que me levavam desviaram do caminho e pude ver tudo: erguendo-se no horizonte, a fábrica de Daniel Hoffmann ardia num dos incêndios mais pavorosos da história de Paris. As pessoas que nunca puderam vê-la agora observavam a catedral de fogo. Foi então que todos recordaram o nome daquele personagem que tinha semeado sua infância de sonhos: Daniel Hoffmann. O palácio do imperador ardia...

"As chamas e a fumaça negra chegavam até o céu durante três dias e três noites, como se o inferno tivesse aberto suas portas no negro coração da cidade. Eu estava lá e vi com meus próprios olhos. Dias depois, quando só restavam cinzas como testemunha do impressionante edifício que se erguia ali, os jornais publicaram a notícia.

"Um tempo depois, as autoridades encontraram um parente de minha mãe que ficou com a minha guarda e fui viver com sua família em Cap d'Antibes. Foi lá que cresci e estudei. Uma vida normal. Feliz. Tal e como Daniel Hoffmann tinha prometido. Até me dei ao luxo de inventar uma variante de meu passado para contar a mim mesmo: a história que lhe narrei.

"No dia em que completei 18 anos recebi uma carta. O carimbo era de oito anos antes, dos correios de Montparnasse. Nela, meu velho amigo anunciava que o cartório de um certo monsieur Gilbert Travant, em Fontainebleau, tinha em seu poder as escrituras de uma residência na costa da Normandia que passaria a ser legalmente minha quando completasse a maioridade. A nota, em pergaminho, era assinada com um 'D'.

"Levei anos para tomar posse de Cravenmoore. Quando o fiz já era um engenheiro muito promissor. Meus projetos de brinquedos superavam qualquer projeto conhecido até aquela data. Logo entendi que tinha chegado a hora de abrir minha própria fábrica. Em Cravenmoore. Tudo estava acontecendo do jeito que ele tinha anunciado. Tudo, até o dia em que aconteceu o *acidente*. Aconteceu na Porte Saint Michel, em 13 de fevereiro. Chamava-se Alexandra Alma Maltisse e era a criatura mais bela que já tinha visto.

"Durante todos aqueles anos, tinha conservado comigo o pequeno frasco que Daniel Hoffmann tinha me dado no porão da rue de Gobelins naquela noite. Seu contato continuava tão frio quanto na primeira vez. Seis meses depois, traí minha promessa a Daniel Hoffmann e entreguei meu coração àquela jovem. Casei com ela e foi o dia mais feliz da minha vida. Na noite anterior ao casamento, que seria realizado em Cravenmoore, peguei o frasco que continha minha sombra e fui para os penhascos do cabo. Lá, condenando-a para sempre ao esquecimento, joguei-a nas águas escuras.

Claro, quebrei minha promessa..."

O sol tinha começado a descer quando Ismael e Irene avistaram os fundos da Casa do Cabo por entre as árvores. O esgotamento que acumulavam parecia ter se afastado discretamente para algum lugar não muito distante, à espera de um momento mais oportuno para retornar. Ismael tinha ouvido falar desse fenômeno, uma espécie de sopro de energia que alguns atletas sentem quando superam sua própria capacidade de suportar o cansaço. Passado esse ponto, o corpo segue adiante sem dar mostras de cansaço. Até a hora em que a máquina para, é claro, pois uma vez terminado o esforço, o castigo cai de uma só vez. Uma acomodação dos músculos, por assim dizer.

— No que está pensando? — perguntou Irene, percebendo a expressão pensativa do jovem.

— Na fome que tenho.

— E eu então. Não é estranho?

— Ao contrário. Nada como um bom susto para abrir o apetite... — brincou Ismael.

A Casa do Cabo estava tranquila e não havia nenhum sinal aparente de uma presença estranha. Duas fileiras de roupas secas, penduradas nos varais, balançavam ao vento. Com o rabo do olho, Ismael capturou uma imagem fugidia do que parecia ser a roupa íntima de Irene. E sua mente passou a imaginar a aparência de sua companheira enfiada naqueles trajes.

— Está tudo bem? — perguntou ela.

O jovem engoliu em seco, mas fez que sim.

— Cansado e faminto, isso é tudo.

Irene deu um sorrisinho enigmático. Por um segundo, Ismael considerou a possibilidade de que todas as mulheres fossem secretamente capazes de ler pensamentos. Mas era melhor não se perder em semelhantes caraminholas com o estômago vazio.

A jovem tentou abrir a porta dos fundos da casa, mas parecia que alguém tinha trancado por dentro. O sorriso de Irene se transformou numa careta de preocupação.

— Mamãe? Dorian? — chamou, retrocedendo alguns passos para examinar as janelas do andar de cima.

— Problemas... — disse Ismael.

Ela continuou, rodeando a casa até a varanda. Um tapete de vidro quebrado surgiu a seus pés. Os dois pararam e a cena da porta destroçada e de todas as janelas quebradas desenrolou-se diante deles. À primeira vista, parecia que uma explosão de gás tinha arrancado a porta dos gonzos ao mesmo tempo que cuspia uma tempestade de vidro. Irene tentou controlar a onda de frio que subia de seu estômago. Inútil. Deu uma olhada aterrorizada para Ismael e tratou de entrar em casa. Ele a segurou, em silêncio.

— Madame Sauvelle! — chamou do alpendre.

O som de sua voz se perdeu nos fundos da casa. Ismael entrou cautelosamente na sala e examinou a situação. Irene chegou por trás dele. A garota suspirou fundo.

A palavra certa para descrever o estado da casa, se é que havia alguma, era devastação. Ismael nunca tinha visto os efeitos de um tornado, mas imaginou que devia ser parecido com o que seus olhos estavam vendo.

— Meu Deus...

— Cuidado com os vidros — alertou ele.

— Mamãe!

O grito ecoou em toda a casa como um espírito vagando de quarto em quarto. Sem soltar Irene nem um segundo, Ismael foi até a escada e deu uma olhada no andar de cima.

— Vamos subir — disse ela.

Subiram lentamente, examinando as marcas que uma força invisível tinha deixado a seu redor. A primeira a ver que o quarto de Simone estava sem porta foi Irene.

— Não!... — murmurou.

Ismael correu até a soleira do quarto e olhou lá dentro. Nada. Um a um, eles revistaram todos os cômodos do andar. Vazios.

— Onde estarão? — perguntou a jovem com voz trêmula.

— Não tem ninguém aqui. Vamos descer.

Pelo que dava para ver, a luta, ou o que quer que houvesse acontecido naquele lugar, tinha sido violenta. O jovem evitou qualquer observação a respeito, mas uma suspeita sombria sobre a sorte da família de Irene cruzou seus pensamentos. Ainda sob o efeito do *choque*, ela chorava silenciosamente ao pé da escada. "Em poucos minutos", pensou Ismael, "a histeria vai pedir passagem". Era melhor pensar em algo, e rápido, antes que acontecesse. Sua mente tentava escolher entre uma dúzia de possibilidades, cada uma menos eficaz que a outra, quando ouviram as batidas. Fez-se um silêncio mortal.

Irene ergueu os olhos, chorosa, buscando uma confirmação nos de Ismael. O jovem fez que sim, levantando um dos dedos em sinal de silêncio. As batidas se repetiram, secas e metálicas, viajando através da estrutura da casa. A mente de Ismael demorou alguns segundos para identificar aqueles sons surdos e apagados. Metal. Algo ou alguém estava batendo no metal em algum lugar da casa. As batidas soaram de novo, mecanicamente. Ismael sentiu a vibração sob os pés e seus olhos foram parar numa porta fechada do corredor, que dava para a cozinha na parte de trás da casa.

— Essa porta dá para onde?

— Para o porão... — respondeu Irene.

O jovem foi até lá e tentou ouvir algo do interior, encostando o ouvido na madeira. As batidas se repetiram pela enésima vez. Ismael tentou abrir, mas a maçaneta estava emperrada.

— Tem alguém aí dentro? — gritou.

O som de passos subindo a escada chegou a seus ouvidos.

— Cuidado — disse Irene.

Ismael se afastou da porta. Por um instante, a imagem do anjo emergindo do porão da casa inundou sua mente. Mas uma voz alquebrada se fez ouvir do outro lado, distante. Irene deu um pulo e correu para a porta.

— Dorian?

A voz balbuciou alguma coisa.

Irene olhou para Ismael e fez que sim.

— É meu irmão...

O jovem descobriu que forçar ou, nesse caso, arrombar uma porta era uma tarefa bem mais difícil do que parecia nas novelas de rádio. Levou uns bons dez minutos, com a ajuda de uma barra de ferro que encontraram na despensa da cozinha, até conseguir que a porta por fim se rendesse. Coberto de suor, Ismael deu um passo atrás e Irene deu a última marretada. A fechadura, um mecanismo enferrujado e emperrado cercado de estilhaços de madeira, caiu no chão. O jovem pensou que mais parecia um ouriço.

Um segundo depois, um menino pálido feito papel saiu da escuridão. O rosto estava coberto por uma máscara de terror e suas mãos tremiam. Dorian se jogou nos braços da irmã como um bichinho assustado. Irene olhou para Ismael. Mesmo sem saber exatamente o que o menino tinha visto, perceberam que a coisa tinha feito um estrago. Irene ajoelhou diante dele e limpou seu rosto sujo de poeira e lágrimas secas.

— Você está bem, Dorian? — perguntou com calma, apalpando o corpo do menino em busca de ferimentos ou fraturas.

Dorian balançou a cabeça repetidamente.

— Onde está mamãe?

O menino ergueu os olhos. Tinha um olhar fixo de terror.

— É importante, Dorian. Onde está mamãe?

— Ele a levou... — balbuciou Dorian.

Ismael se perguntou quanto tempo ficaria preso ali embaixo no escuro.

— Ele a levou... — repetiu Dorian, como se estivesse sob o efeito de um transe hipnótico.

— Quem a levou, Dorian? — perguntou Irene com fria serenidade. — Quem levou a mamãe?

Dorian olhou para eles e sorriu fracamente, como se a pergunta fosse absurda.

— A sombra... — respondeu. — A sombra levou a mamãe.

Os olhares de Ismael e Irene se encontraram.

Ela respirou profundamente e apoiou as mãos nos braços do irmão.

— Dorian, vou pedir uma coisa para você que é muito importante. Está entendendo?

Ele fez que sim.

— Preciso que vá correndo até a cidade, até a polícia, e diga ao comissário que um acidente horrível aconteceu em

Cravenmoore. Que mamãe está ferida. Diga que precisam ir até lá com urgência. Está me entendendo?

Dorian olhou para ela, desconcertado.

— Não fale na sombra. Fale apenas o que acabei de dizer. É muito importante. Se falar dela, ninguém vai acreditar. Mencione apenas um *acidente*.

Ismael concordava.

— Preciso que faça isso para mim e por mamãe. Está bem?

Dorian olhou para Ismael e de novo para a irmã.

— Mamãe sofreu um acidente e está ferida em Cravenmoore. Precisa de socorro urgente — repetiu o menino mecanicamente. — Mas ela está bem... não está?

Irene sorriu e abraçou o menino.

— Amo você — murmurou.

Dorian beijou a irmã no rosto e, depois de um aceno amigável para Ismael, saiu correndo em busca da bicicleta. Encontrou-a perto da varandinha. O presente de Lazarus estava reduzido a um monte de arames e ferros retorcidos. O menino contemplava os restos da bicicleta quando Ismael e Irene saíram da casa e toparam com a macabra descoberta.

— Quem seria capaz de fazer uma coisa dessas? — perguntou Dorian.

— É melhor se apressar, Dorian — recordou Irene.

Ele fez que sim e partiu correndo. Assim que desapareceu no caminho, Ismael e Irene foram para o alpendre. O sol estava se pondo na baía, traçando um globo de trevas que sangrava entre as nuvens e tingia o mar de escarlate. Os dois se olharam e, sem precisar de palavras, compreenderam o que esperava por eles no coração da escuridão, além do bosque.

12. DOPPELGÄNGER

— Nunca houve uma noiva mais bonita ao pé de um altar, nem nunca haverá — disse a máscara. — Nunca.

Simone podia ouvir o pranto silencioso das velas ardendo na penumbra e, do outro lado das paredes, o sussurro do vento arranhando o bosque de gárgulas que coroava Cravenmoore. A voz da noite.

— A luz que Alexandra trouxe para a minha vida apagou todas as lembranças e misérias que povoavam minha memória desde a infância. Ainda hoje, penso que poucos mortais chegam a superar esse nível de felicidade, de paz. De certa forma, deixei de ser aquele menino do mais miserável bairro de Paris. Esqueci os longos dias trancado no escuro. Deixei para trás aquele porão negro onde sempre ouvia vozes, onde a voz do remorso me dizia que a sombra, para quem a doença de minha mãe havia aberto a porta dos infernos, estava viva. Esqueci aquele pesadelo que me perseguiu durante tantos anos, no qual uma escada descia das profundezas do porão de nosso prédio na rue des Gobelins até as covas do lago Estígio. Tudo isso ficou para trás. Sabe por quê? Porque Alexandra Alma

Maltisse, o verdadeiro anjo de minha vida, me ensinou que, ao contrário do que minha mãe repetia para mim desde que comecei a me entender por gente, eu não era mau. Entende, Simone? Não era mau. Era como os outros, como qualquer outro. Era inocente.

A voz de Lazarus parou um instante. Simone imaginou lágrimas deslizando em silêncio por trás da máscara.

— Juntos, exploramos Cravenmoore. Muita gente pensa que todos os prodígios que esta casa abriga são criação minha. Não é verdade. Apenas uma pequena parte saiu de minhas mãos. O resto, as galerias e galerias de maravilhas que nem eu consigo compreender totalmente, já estava aqui quando entrei pela primeira vez. Mas nunca saberei há quanto tempo estavam aqui. Houve uma época em que achei que outras pessoas ocuparam a casa antes de mim. Às vezes, paro para ouvir o silêncio durante a noite e tenho a impressão de ouvir o eco de outras vozes, de outros passos que povoam os corredores deste palácio. Ou penso que o tempo parou em cada quarto, em cada corredor vazio, e que todas as criaturas que habitam este lugar um dia foram de carne e osso. Como eu.

"Parei de me preocupar com esses mistérios há muito tempo, inclusive depois de verificar que, três meses após minha chegada a Cravenmoore, ainda descobria novos quartos que não conhecia, novas passagens que conduziam a alas desconhecidas... Acredito que certos lugares, palácios milenares que podem ser contados nos dedos de uma das mãos, são muito mais do que simples construções: estão vivos. Têm alma própria e um modo particular de entrar em comunicação conosco. Cravenmoore é um desses lugares. Ninguém sabe dizer quando foi construída, por quem e com que objetivo. Mas quando a casa fala, eu escuto...

"Antes do verão de 1916, no auge de nossa felicidade, algo aconteceu. Na verdade, já tinha começado um ano antes, sem que eu percebesse. No dia seguinte ao nosso casamento, Alexandra acordou ao amanhecer e foi ao grande salão oval para ver as centenas de presentes que tínhamos recebido. Entre eles, um pequeno cofre lavrado à mão chamou sua atenção. Continha um bilhete e um pequeno frasco de cristal. A mensagem, dirigida a ela, dizia que era um presente muito especial. Uma surpresa. E explicava que o frasco continha meu perfume predileto, o perfume de minha mãe, e que ela devia esperar até o dia do primeiro aniversário de casamento para usá-lo. Mas tinha que ser um segredo entre ela e o remetente, um velho amigo de infância, Daniel Hoffmann...

"Seguindo as instruções, convencida de que isso me faria feliz, Alexandra guardou o perfume durante 12 meses, até a data indicada. Quando o dia chegou, pegou o frasco no cofre e abriu. Nem preciso dizer que o vidro não continha perfume nenhum. Era o frasco que eu tinha jogado no mar na véspera do casamento. Desde o momento em que Alexandra abriu aquele frasco, nossa vida se transformou num pesadelo...

"Foi então que comecei a receber a correspondência de Daniel Hoffmann. Agora ele escrevia de Berlim, explicando que tinha muito trabalho pela frente e que um dia ia mudar o mundo. Milhões de crianças estavam recebendo sua visita e seus presentes, milhões de crianças que um dia formariam o maior exército que a história jamais conheceu. Mas até agora não entendi direito o que ele estava querendo dizer com tais palavras...

"Numa de suas primeiras remessas, ele mandou um livro, um volume encadernado em couro que parecia mais velho que o mundo. Uma única palavra aparecia na capa: *Doppelgänger*. Já ouviu falar do *Doppelgänger*, minha cara? Claro que não.

Ninguém mais se interessa por lendas e velhos truques de magia. É um termo de origem germânica e designa a sombra que se desprende de seu dono e se volta contra ele. Mas isso é apenas o começo, claro. E também foi para mim. Para sua informação, o livro era um manual a respeito das sombras. Uma peça de museu. Quando comecei a ler, já era tarde. Algo estava crescendo às escondidas, oculto pela escuridão desta casa. Mês a mês, como o ovo de uma serpente que espera o momento de eclodir.

"Em maio de 1916, as coisas começaram a acontecer. A luminosidade do primeiro ano com Alexandra foi se extinguindo lentamente. Logo depois, comecei a suspeitar da existência da sombra. Mas quando me dei conta, não tinha mais jeito. Os primeiros ataques não passaram de sustos. As roupas de Alexandra apareciam rasgadas. As portas se fechavam à sua passagem e mãos invisíveis empurravam objetos em cima dela. Vozes no escuro. Mas era apenas o começo...

"Esta casa tem mil cantos onde uma sombra pode se esconder. Compreendi então que Cravenmoore nada mais era que a alma de seu criador, de Daniel Hoffmann, e que a sombra cresceria dentro dela, ficando cada dia mais forte. E eu, ao contrário, ficaria mais fraco. Toda a força que havia em mim passaria a ser sua e, aos poucos, enquanto caminhava de volta à escuridão de minha infância em Les Gobelins, eu passaria a ser uma sombra e ele, o mestre.

"Resolvi fechar a fábrica de brinquedos e concentrar-me em minha velha obsessão. Quis dar vida novamente a *Gabriel*, o anjo da guarda que tinha me protegido em Paris. Em meu regresso à infância, pensava que, se conseguisse trazê-lo de volta à vida, ele seria capaz de nos proteger, a mim e a Alexandra, da sombra. Foi assim que desenhei a criatura mecânica mais poderosa que jamais sonhei. Um colosso de aço. Um anjo para me libertar daquele pesadelo.

"Pobre ingênuo! Assim que aquele ser monstruoso foi capaz de levantar da bancada da minha oficina, todas as fantasias que alimentei a respeito de sua obediência a mim viraram poeira. Não era a mim que ele dava ouvidos, era ao outro. A seu mestre. E ele, a sombra, não podia existir sem mim, pois eu era a fonte de onde ele absorvia sua força. Além de não me libertar daquela vida miserável, aquele anjo se transformou no pior dos guardiões. O guardião daquele segredo terrível que me condenava para sempre, um guardião que entraria em ação a cada vez que alguém ou alguma coisa pusesse em risco esse segredo. Sem piedade.

"Os ataques a Alexandra aumentaram. A sombra estava mais forte e cada dia mais ameaçadora. Tinha resolvido me castigar por meio do sofrimento de minha esposa. Eu tinha dado a Alexandra um coração que não me pertencia mais. Aquele erro seria a nossa perdição. Quando estava quase perdendo a razão, notei que a sombra só agia quando eu estava por perto. Não podia viver longe de mim. Por isso, resolvi abandonar Cravenmoore e refugiar-me na ilha do farol. Lá não havia ninguém que pudesse ser prejudicado. Se alguém tinha que pagar o preço de minha traição, esse alguém era eu. Mas subestimei a força de Alexandra. Seu amor por mim. Superando o terror e as ameaças à sua vida, ela foi atrás de mim na noite do baile de máscaras. Assim que o veleiro em que ela cruzava a baía chegou perto da ilha, a sombra caiu em cima dele, arrastando-a para as profundezas. Ainda posso ouvir sua risada na escuridão quando emergiu entre as ondas. No dia seguinte, a sombra voltou a se refugiar naquele frasco de vidro. E não voltei a vê-la durante vinte anos..."

Simone levantou-se da cadeira tremendo e retrocedeu passo a passo até dar com as costas na parede. Não podia mais ouvir uma única palavra dos lábios daquele homem, daquele... doente. Um único sentimento a mantinha de pé e impedia que se entregasse ao pânico provocado por aquela figura mascarada e por sua narrativa: o ódio.

— Não, não, minha querida... Não cometa esse erro... Ainda não entendeu o que está acontecendo? Você e sua família chegaram aqui e não pude impedir que meu coração se interessasse por você. Não fiz isso conscientemente. Quando me dei conta do que estava acontecendo já era tarde demais. Tentei desviar o feitiço construindo uma máquina à sua imagem e semelhança...

— O quê?!

— Pensei... Logo depois que sua presença voltou a dar vida a esta casa, a sombra, que tinha permanecido vinte anos adormecida naquele frasco maldito, voltou a acordar do limbo. E não demorou para encontrar uma vítima propícia para libertá-la novamente.

— Hannah... — murmurou Simone.

— Sei o que deve estar pensando e sentindo agora, acredite. Mas não há escapatória possível. Fiz o que pude... Precisa acreditar em mim...

A máscara levantou e caminhou para ela.

— Não se aproxime nem mais um passo! — gritou Simone.

Lazarus parou.

— Não quero lhe fazer mal, Simone. Sou seu amigo. Não me vire as costas.

Ela sentiu uma onda de ódio nascer no fundo de seu espírito.

— Você assassinou Hannah...
— Simone...
— Onde estão meus filhos?
— Eles escolheram seu próprio destino...
Um punhal de gelo se cravou em sua alma.
— O que... o que fez com eles?
Lazarus ergueu as mãos ensanguentadas.
— Morreram...

Antes que pudesse terminar sua frase, Simone deixou escapar um grito furioso e, agarrando um candelabro na mesa, partiu para cima do homem que estava à sua frente. A base do candelabro bateu com toda a força no meio da máscara. O rosto de porcelana partiu em mil pedaços e o candelabro foi cair do outro lado, no escuro. Não havia nada ali.

Paralisada, Simone concentrou o olhar na massa negra que flutuava diante dela. A silhueta despiu as luvas brancas, revelando apenas escuridão. E então Simone viu um rosto demoníaco se formar diante de seus olhos, uma nuvem de sombras que ganhava volume lentamente e ciciava como uma serpente enfurecida. Um berro infernal rasgou seus ouvidos, um uivo que extinguiu todas as chamas que ardiam naquele quarto. Pela primeira e última vez, Simone ouviu a verdadeira voz da sombra. Em seguida, suas garras a seguraram, arrastando-a para a escuridão.

À medida que penetravam no bosque, Ismael e Irene viram a tênue neblina que cobria o matagal se transformar num manto de claridade incandescente. A névoa absorvia as luzes pulsantes de Cravenmoore, aumentando-as numa miragem espectral, uma verdadeira selva de vapor dourado. Assim que atravessaram o limiar do bosque, a explicação para aquele estranho fenômeno surgiu, desconcertante e de certa maneira ameaçadora. Todas as luzes da mansão brilhavam com grande intensidade por trás das janelas, dando à gigantesca estrutura a aparência de um navio fantasma erguendo-se das profundezas.

Os dois jovens pararam diante das lanças de ferro que formavam o portão do jardim, contemplando aquela visão hipnótica. Envolta naquele manto de luz, Cravenmoore parecia ainda mais sinistra do que no escuro. Os rostos de dezenas de gárgulas afloravam agora como sentinelas de pesadelo. Mas não foi essa visão que deteve seus passos. Havia mais alguma coisa ano ar, uma presença invisível e infinitamente mais assustadora. O vento trazia os sons de dezenas, de centenas de autômatos deslocando-se no interior da mansão; a música dissonante de um carrossel e as risadas mecânicas de um bando de criaturas ocultas naquele lugar.

Ismael e Irene ouviram a voz de Cravenmoore, paralisados por alguns segundos, seguindo a origem daquela cacofonia infernal até a grande porta principal. A entrada, agora aberta de par em par, emanava um halo de luz dourada atrás do qual as sombras palpitavam e dançavam ao som daquela melodia que gelava o sangue. Instintivamente, Irene apertou a mão de Ismael, mas seu olhar era impenetrável.

— Tem certeza de que quer entrar aí? — perguntou ele.

A silhueta de uma bailarina rodando sobre si mesma se recortou numa das janelas. Irene desviou os olhos.

— Não precisa vir comigo. Afinal, a mãe é minha...

— É uma oferta tentadora. Não repita de novo — ironizou Ismael.

— Está bem — concordou Irene. — Aconteça o que acontecer...

— Aconteça o que acontecer.

Afastando da mente as risadas, a música, as luzes e o macabro desfile das criaturas que povoavam aquele lugar, os dois jovens começaram a subir a escadaria de Cravenmoore. Assim que sentiu o espírito da casa envolvê-los, Ismael compreendeu que tudo o que tinha visto até então não passava de um prólogo. O que o assustava não eram o anjo e todas as outras máquinas de Lazarus. Havia alguma coisa naquela casa. Uma presença palpável e poderosa. Uma presença que destilava raiva e ódio. E de algum modo Ismael sabia que estava esperando por eles.

Dorian bateu algumas vezes na porta da delegacia. O menino estava sem fôlego e suas pernas pareciam prestes a derreter. Tinha corrido como um possesso através do bosque até a Praia do Inglês, e depois toda a interminável estrada que acompanhava a baía até a cidade, enquanto o sol se escondia no horizonte. Não parou nem um segundo, consciente de que, se parasse, não teria forças para dar nem mais um passo nos próximos dez anos. Um único pensamento o levava adiante: a imagem daquela forma espectral carregando sua mãe para as trevas. Bastava lembrá-la para conseguir correr até o fim do mundo.

Quando a porta da delegacia finalmente abriu, a silhueta redonda do agente Jobart deu dois passos à frente. Os olhos diminutos do policial examinaram o menino, que parecia prestes a desmoronar ali mesmo. Dorian teve a impressão de estar diante de um rinoceronte. O policial deu um sorriso irônico e, afundando profissionalmente os polegares nos bolsos do uniforme, envergou sua cara de isso-não-é-hora-de-incomodar-os-outros. Dorian suspirou e tentou engolir saliva, mas não restava nem uma gota em sua boca.

— E então? — cuspiu Jobert.

— Água...

— Isso aqui não é um bar, camarada Sauvelle.

A fina mostra de ironia provavelmente pretendia exibir os notáveis dotes de reconhecimento e instinto investigativo do paquidérmico policial. Contudo, Jobart deixou o menino entrar e serviu um copo de água da bica para ele. Dorian nunca pensou que um copo d'água pudesse ser tão delicioso.

— Mais.

Jobart encheu o copo de novo, dessa vez com um olhar de Sherlock Holmes.

— De nada.

Dorian bebeu até a última gota e encarou o polical. As instruções de Irene surgiram em sua memória, frescas e sem manchas.

— Minha mãe sofreu um acidente e está ferida. É grave. Em Cravenmoore.

Jobart precisou de alguns segundos para processar tanta informação.

— Que tipo de acidente? — perguntou num tom de fino observador.

— Vamos logo! — gritou Dorian.

— Estou sozinho. Não posso deixar meu posto.

O menino suspirou. De todos os idiotas que havia no planeta, ele tinha que topar logo com um exemplar digno de museu.

— Chame pelo rádio! Faça alguma coisa! Já!

O tom e o olhar de Dorian causaram certo alarme que fez Jobart deslocar seu considerável traseiro na direção do rádio e ligar o aparelho.

— Chame! Ande logo! — gritou Dorian.

* * *

Lazarus recuperou os sentidos bruscamente, sentindo uma dor aguda na nuca. Levou a mão ao pescoço e apalpou a ferida aberta. Recordou vagamente o rosto de *Christian* no corredor da ala oeste. O autômato bateu nele e depois arrastou-o para aquele lugar. Lazarus olhou ao redor. Estava num dos quartos desabitados que povoavam Cravenmoore.

Levantou lentamente e tentou colocar os pensamentos em ordem. Um cansaço profundo o assaltou assim que ficou de pé. Fechou os olhos e respirou fundo. Ao abri-los, viu um pequeno espelho pendurado numa das paredes. Aproximou-se e examinou sua própria imagem.

Em seguida, foi até uma diminuta janela que dava para a fachada principal e viu duas pessoas cruzando o jardim na direção da porta principal.

Irene e Ismael atravessaram a soleira da porta e entraram no halo de luz que emergia das profundezas da casa. O eco do carrossel e o tiquetaquear metálico de mil engrenagens que voltavam à vida caiu sobre eles como um vento gelado. Centenas de diminutos mecanismos se moviam nas paredes. Um mundo de criaturas impossíveis se agitava nas vitrines, nos móbiles suspensos no ar. Para qualquer lugar que se olhasse era impossível não encontrar uma das criações de Lazarus em movimento. Relógios com rosto, bonecos que caminhavam como sonâmbulos, rostos fantasmagóricos que sorriam como lobos famintos...

— Dessa vez não se separe de mim — disse Irene.

— Não ia me separar mesmo — replicou Ismael, atordoado com aquele mundo de seres que pulsavam a seu redor.

Não tinham percorrido mais de 2 metros quando a porta principal bateu com toda força às suas costas. Irene gritou e agarrou Ismael. A silhueta de um homem giganteso se ergueu diante deles. Seu rosto estava coberto por uma máscara que representava um demoníaco palhaço. Duas pupilas verdes cresceram por trás da máscara. Os dois retrocederam diante do avanço daquela aparição. A imagem do mordomo mecânico que tinha aberto a porta para eles quando de sua primeira visita a Cravenmoore veio à mente de Irene. *Christian*. Esse era o seu nome. O autômato levantou um punhal no ar.

— *Christian*, não! — gritou Irene. — Não!

O mordomo parou. O punhal caiu de suas mãos. Ismael olhou para ela sem entender nada. A figura observava os dois, imóvel.

— Rápido — apressou a jovem, entrando na casa.

Ismael correu atrás dela, sem se esquecer de pegar o punhal de *Christian* no chão. Alcançou Irene embaixo do vão vertical que subia até a cúpula. A jovem olhou ao redor e tentou se orientar.

— Para onde, agora? — perguntou Ismael, sem parar de vigiar suas costas.

Ela hesitou, incapaz de escolher um caminho para penetrar no labirinto de Cravenmoore.

De repente, um golpe de ar frio chegou até eles de um dos corredores e ouviu-se o som metálico de uma voz cavernosa.

— Irene... — sussurrou a voz.

Os nervos da jovem ficaram travados numa rede de gelo. A voz soou de novo. Irene cravou os olhos no fundo do corredor. Ismael seguiu seu olhar e viu: flutuando sobre o solo, envolta num manto de neblina, Simone avançava para eles com os braços estendidos. Um brilho diabólico bailava em seus olhos. Uma goela protegida por dentes afiados surgiu por trás de seus lábios enrugados.

— Mamãe — gemeu Irene.

— Isso não é sua mãe... — disse Ismael, afastando a jovem da trajetória daquela coisa.

A luz atingiu aquele rosto, revelando todo o seu horror. Ismael se jogou sobre Irene para evitar as garras da criatura, que deu uma pirueta e encarou os dois novamente. Só metade do rosto estava pronta. A outra não era mais que uma máscara de metal.

— É o boneco que vimos antes. Não é sua mãe — disse o jovem, tentando arrancar sua amiga Irene do transe em que tinha mergulhado diante daquela visão. — Essa coisa movimenta os bonecos como se fossem marionetes...

O mecanismo que movia o autômato deixou escapar um rangido. Ismael viu suas garras voarem até eles de novo, a toda velocidade. O jovem pegou Irene e saiu correndo sem ter a menor noção de onde estava indo. Correram tão rápido quanto suas pernas permitiam através de um corredor repleto de portas que se abriam à sua passagem e de silhuetas que saltavam do teto.

— Rápido! — gritou Ismael, ouvindo o rumor dos cabos de suspensão às suas costas.

Irene virou para olhar para trás. A goela canina daquela réplica monstruosa de sua mãe fechou a 20 centímetros de seu rosto, acompanhadas das cinco agulhas de suas garras. Ismael puxou Irene, empurrando-a para dentro do que parecia ser um salão mergulhado na penumbra.

A jovem caiu de bruços no chão e ele fechou a porta atrás de si. As garras do autômato se cravaram na porta como pontas de flechas mortais.

— Meu Deus... — suspirou. — Outra vez não...

Irene ergueu os olhos, sua pele estava branca como papel.

— Está tudo bem? — perguntou Ismael.

Ela fez que sim vagamente e olhou ao redor. Paredes de livros subiam em direção ao infinito. Milhares e milhares de volumes formavam uma espiral babilônica, um labirinto de escadas e passagens.

— Estamos na biblioteca de Lazarus.

— Espero que tenha outra saída, pois não tenho a menor intenção de olhar para trás novamente... — disse Ismael apontando suas costas.

— Deve ter. Acho que sim, mas não sei onde — disse ela, chegando ao centro do salão, enquanto Ismael travava a porta com uma cadeira.

Se aquela defesa resistisse mais de dois minutos, pensou consigo, passaria a acreditar de pés juntos em milagres. A voz de Irene murmurou alguma coisa às suas costas. Ele virou e viu que ela estava numa das mesas de leitura, examinando um livro de aspecto centenário.

— Tem alguma coisa aqui — disse ela.

Um obscuro pressentimento surgiu dentro dele.

— Largue esse livro.

— Por quê? — perguntou Irene, sem entender.

— Porque sim.

A jovem fez o que ele dizia e fechou o volume. As letras douradas na capa brilharam à luz da lareira que aquecia a biblioteca: *Doppelgänger*.

Irene só tinha se afastado alguns passos da mesa quando sentiu uma intensa vibração atravessar o salão sob seus pés. As chamas da lareira empalideceram e alguns dos volumes nas intermináveis prateleiras das estantes começaram a tremer. A jovem correu para Ismael.

— O que diabos...? — disse ele, que também tinha notado aquele rumor intenso que parecia vir das profundezas da casa.

Nesse exato momento, o livro que Irene tinha deixado na mesa se abriu violentamente, de par em par. As chamas da lareira apagaram, aniquiladas por um hálito gelado. Ismael abraçou Irene, apertando-a nos braços. Alguns livros começaram a mergulhar no vazio desde as alturas, empurrados por mãos invisíveis.

— Tem mais alguém aqui — murmurou Irene. — Posso sentir...

As páginas do livro começaram a virar lentamente ao vento, uma após a outra. Ismael contemplou as páginas do velho volume, que brilhavam com luz própria, e pela primeira vez notou que as letras iam evaporando, uma a uma, formando uma nuvem de gás negro que adquiria forma logo acima do livro. A silhueta informe foi absorvendo palavra por palavra, frase por frase.

A forma, agora mais densa, parecia um espectro de tinta preta suspenso no vazio.

A nuvem negra se expandiu e começou a formar mãos, braços e um tronco esculpidos do nada. Um rosto impenetrável emergiu das sombras.

Ismael e Irene, paralisados pelo terror, contemplaram a aparição eletrizados e viram que a seu redor outras formas, outras sombras, ganhavam vida entre as páginas dos livros caídos. Lentamente, um exército de sombras surgiu diante de seus olhos incrédulos. Sombras de crianças, de velhos. De senhoras vestidas com trajes estranhos... Todos eles pareciam espíritos presos, fracos demais para adquirir consistência e volume. Rostos em agonia, letárgicos e desprovidos de vontade.

Olhando para eles, Irene percebeu que estava diante das almas perdidas de dezenas de seres prisioneiros de um estranho malefício. Eles estendiam as mãos implorando ajuda, mas seus dedos se desfaziam em miragens de vapor. Podia sentir o horror de seu pesadelo, do sonho negro que os atormentava.

Durante os poucos segundos de duração daquela visão, ficou se perguntando quem eram e como tinham chegado àquele estado. Seriam incautos visitantes daquele lugar, como ela mesma? Por um instante, temeu reconhecer sua mãe no meio daqueles espíritos amaldiçoados, filhos da noite. Mas a um simples gesto da sombra, seus corpos vaporosos se fundiram num torvelinho de escuridão que atravessou o salão.

A sombra abriu a goela e engoliu todas e cada uma daquelas almas, absorvendo o resto de força que ainda vivia nelas. Fez-se um silêncio mortal depois que elas desapareceram. Em seguida, a sombra abriu os olhos e seu olhar projetou um halo sangrento na neblina.

Irene quis gritar, mas sua voz sumiu no estrondo brutal que sacudiu Cravenmoore. Uma a uma, todas as janelas e portas da casa estavam se fechando como lápides de um túmulo. Ismael ouviu aquele eco cavernoso percorrer as centenas de corredores de Cravenmoore e sentiu que suas esperanças de sair dali com vida evaporavam na escuridão.

O último vestígio de luz traçava uma flecha brilhante sobre a abóbada do teto, uma corda frouxa de claridade suspensa no alto daquela sinistra lona de circo. A luz ficou gravada no olhar de Ismael. Sem esperar nem um segundo, o jovem pegou a mão de Irene e foi para a extremidade da sala, às apalpadelas.

— Talvez a outra saída esteja ali — murmurou.

Irene seguiu a trajetória indicada pelo dedo do jovem. Seus olhos reconheceram o fio de luz que parecia brotar do buraco de uma fechadura. A biblioteca era organizada em ovais concêntricos acompanhados por uma estreita passarela que subia em espiral pela parede e que se abria para os diversos corredores que partiam de lá. Simone havia comentado aquele capricho arquitetônico: quem seguisse aquela passarela até o fim chegava quase ao terceiro andar da mansão. Uma espécie de torre de Babel interna, imaginou ela. Dessa vez, foi ela quem guiou Ismael até a passarela e, uma vez lá, começou a subir.

— Sabe para onde está indo? — perguntou ele.
— Confie em mim.

Ismael correu atrás dela, sentindo o chão subir lentamente sob seus pés à medida que avançavam. Uma fria corrente de ar acariciou sua nuca e Ismael viu a espessa mancha negra que se espalhava no chão às suas costas. A sombra tinha uma textura quase sólida, apenas o contorno se misturava com a escuridão. Aquela mancha espectral se deslocava como uma camada de óleo, espesso e brilhante.

Ao cabo de alguns segundos, aquele ser de escuridão líquida estendeu-se sob seus pés. Ismael sentiu um espasmo gélido, como se caminhasse em águas geladas.

— Rápido! — exclamou.

A linha de luz nascia, tal como imaginaram, na fechadura de uma porta que estava a cerca de 6 metros de distância. Ismael apertou o passo e conseguiu superar o rastro da sombra sob seus pés por alguns instantes. As probabilidades de que aquela porta estivesse aberta eram praticamente nulas. De nada adiantaria chegar lá se ela não levasse a parte alguma.

Irene apalpou a fechadura no escuro em busca de algo que permitisse abri-la. O jovem virou-se para ver onde estava a sombra e seus olhos descobriram o manto de azeviche erguido diante de seus olhos: uma escultura de gás espesso que adquiria forma lentamente. Um rosto de alcatrão se materializou. Um rosto familiar. Ismael pensou que seus olhos o enganavam e piscou várias vezes. A forma continuava lá. Era o seu próprio rosto.

Seu obscuro reflexo sorriu malignamente e uma língua de cobra despontou entre seus lábios. Instintivamente, Ismael pegou o punhal que o autômato tinha deixado no vestíbulo e agitou-o na frente da sombra. A silhueta cuspiu seu hálito gelado sobre a arma e uma rede de geada e flocos de neve cobriu o punhal desde a ponta até a empunhadura. O metal congelado transmitia uma forte sensação de queimação na palma de sua mão. O frio, o frio intenso, queimava mais do que o fogo.

Ismael quase soltou a arma, mas resistiu ao espasmo muscular que sacudiu seu antebraço e tentou enfiar a lâmina do punhal no rosto da sombra. A língua se soltou ao contato com o fio da arma e caiu sobre um de seus pés. No mesmo instante, a pequena massa negra rodeou seu tornozelo como uma segunda pele e começou a subir lentamente. O contato viscoso e gelado daquela coisa provocava ânsias de vômito.

Nesse momento, ouviu o estalido da fechadura que Irene estava tentando abrir e um túnel de luz surgiu diante deles. A jovem correu para o outro lado da porta e Ismael foi atrás, fechando-a depois de passar e deixando seu perseguidor do outro lado. O pedaço de sombra cortada subiu por sua coxa e adquiriu a forma de uma aranha. Uma fisgada de dor sacudiu sua perna. Ismael gritou e Irene tentou expulsar aquele monstruoso aracnídeo. A aranha se virou contra ela e pulou em seu colo. Irene deixou escapar um grito de terror.

— Tire isso daqui!

Assustado, Ismael olhou ao redor e descobriu a fonte da luz que tinha guiado os dois. Uma fileira de velas se perdia na penumbra numa procissão fantasmagórica.

O jovem pegou uma vela e aproximou a chama da aranha, que tentava atacar a garganta de Irene. Ao simples contato com o fogo, a criatura soltou um cicio de raiva e dor e se desfez numa chuva de gotas negras que caíram no chão. Ismael soltou a vela e afastou Irene daqueles fragmentos. As gotas deslizaram gelatinosamente pelo chão e se juntaram num corpo que rastejou até a porta e se enfiou de volta para o outro lado.

— O fogo. A sombra tem medo do fogo... — disse Irene.

— Pois é isso que vamos dar a ela.

Ismael pegou a vela e colocou no chão em frente à porta, enquanto Irene dava uma olhada na sala em que estavam. O lugar parecia mais uma antessala despida de móveis e coberta por décadas de poeira. Provavelmente, algum dia tinha sido um armazém ou um depósito adicional da biblioteca. Uma análise mais atenta, no entanto, revelou alguma coisa no teto. Pequenos tubos. Irene pegou uma das velas e, erguendo-a acima da cabeça, examinou a sala. A chama das velas acendeu o brilho dos azulejos e mosaicos nas paredes.

— Que diabo de lugar é esse? — perguntou Ismael.

— Não sei... Parece... parece uma daquelas termas...

A luz da vela revelou pequenos chuveiros de metal, redes com centenas de orifícios em forma de sino pendurados nos canos. As bocas estavam enferrujadas e cobertas por uma trama de teias de aranha.

— Seja o que for, faz séculos que ninguém...

Ainda estava terminando a frase quando ouviram um rumor metálico, o som inconfundível de uma torneira enferrujada girando. Ali dentro, bem perto deles.

Irene dirigiu a chama para a parede de azulejos e os dois encontraram dois registros de água que giravam lentamente.

Uma vibração profunda percorria as paredes. Depois de alguns segundos de silêncio, eles conseguiram identificar o rumor. Era o som de alguma coisa se arrastando pelos canos sobre suas cabeças. Tinha alguma coisa abrindo caminho por dentro dos canos.

— Está aqui! — gritou Irene.

Ele fez que sim, de olho atento nos chuveiros. Em questão de segundos, uma massa impenetrável começou a vazar lentamente dos orifícios. Irene e Ismael retrocederam devagar sem conseguir tirar os olhos da sombra que se formava aos poucos diante deles, como a montanha que os grãos de um relógio de areia formam ao cair.

Dois olhos brotaram na escuridão. O rosto de Lazarus, afável, sorriu para eles. Uma visão tranquilizadora, se eles já não soubessem que aquilo que enfrentavam não era Lazarus. Irene avançou um passo até ele.

— Onde está minha mãe? — perguntou desafiadora.

Uma voz profunda, inumana, se fez ouvir.

— Está comigo.

— Afaste-se dele — disse Ismael.

A sombra cravou os olhos nele e o jovem entrou numa espécie de transe. Irene sacudiu o amigo, tentando afastá-lo da sombra, mas ele continuava sob o influxo daquela presença, incapaz de reagir. A jovem se colocou entre os dois e esbofeteou Ismael, conseguindo tirá-lo daquele estado. O rosto da sombra se decompôs numa máscara de ódio, e dois longos braços se esticaram na direção deles. Irene empurrou Ismael para a parede e tentou se desviar daquelas garras.

Nesse momento, uma porta se abriu na escuridão e um feixe de luz apareceu do outro lado da sala. A silhueta de um homem segurando um lampião de gás se recortou na soleira.

— Fora daqui! — gritou. Irene reconheceu a voz: era Lazarus Jann, o fabricante de brinquedos.

A sombra deu um grito furioso e as chamas das velas se apagaram, uma a uma. Lazarus avançou para a sombra. Seu rosto parecia muito mais velho do que Irene recordava, os olhos, injetados de sangue, revelavam um terrível cansaço, os olhos de um homem devorado por uma cruel enfermidade.

— Fora daqui! — gritou de novo.

A sombra deixou entrever um rosto demoníaco e se transformou numa nuvem de gás, deslizando pelas fendas do chão até desaparecer numa rachadura da parede. Um som parecido com o do vento açoitando as janelas acompanhou sua fuga.

Lazarus ficou controlando a rachadura durante vários segundos e, finalmente, dirigiu um olhar penetrante aos dois jovens.

— O que pensam que estão fazendo aqui? — perguntou sem ocultar a ira.

— Vim buscar minha mãe e não vou sair daqui sem ela — declarou Irene, sustentando aquele olhar intenso e indagador sem pestanejar.

— Você não sabe o que está enfrentando... — disse Lazarus. — Rápido, por aqui. Não vai demorar a voltar.

Lazarus guiou os dois para o outro lado da porta.

— O que é isso? O que é isso que vimos? — perguntou Ismael.

Lazarus observou-o detidamente.

— Sou eu. O que vocês viram sou eu...

Lazarus guiou-os por um intrincado labirinto de túneis que percorria as entranhas de Cravenmoore, uma rede de estreitas passagens paralelas a galerias e corredores. No caminho, viram inúmeras portas fechadas dos dois lados, entradas duplas para as dezenas de quartos e salas da mansão. O eco de seus passos ficava confinado ao labirinto e dava a sensação de que estavam sendo seguidos por um exército invisível.

O lampião de Lazarus espalhava um círculo cor de âmbar sobre as paredes. Ismael viu sua própria sombra refletida na parede, caminhando junto à de Irene. Lazarus não projetava sombra alguma. O fabricante de brinquedos parou diante de uma porta alta e estreita, pegou uma chave e abriu o ferrolho. Examinou a extremidade do corredor de onde tinham partido e pediu que entrassem.

— Por aqui — disse nervosamente. — Não vai voltar para cá, pelo menos durante alguns minutos...

Ismael e Irene trocaram um olhar de suspeita.

— Não têm outra alternativa senão confiar em mim — disse Lazarus como um lembrete.

O jovem suspirou e entrou no quarto. Irene e Lazarus foram atrás e ele tratou de fechar a porta rapidamente. A luz do lampião revelou uma parede coberta com uma imensidão de fotos e recortes de jornal. No final, via-se uma cama e uma escrivaninha completamente despida. Lazarus largou o lampião no chão e ficou observando os jovens que examinavam todos aqueles pedaços de papel pregados na parede.

— Devem sair de Cravenmoore enquanto ainda é tempo.

Irene voltou-se para ele.

— O alvo não são vocês — acrescentou o fabricante de brinquedos. — Seu alvo é Simone.

— Por quê? O que pretende fazer com ela?

Lazarus abaixou os olhos.

— Quer destruí-la. Para me castigar. E fará o mesmo com vocês, caso se metam em seu caminho.

— O que significa tudo isso? O que está querendo dizer? — perguntou Ismael.

— Já disse tudo o que tinha a dizer. Precisam sair daqui. Vai voltar. Cedo ou tarde. Vai voltar e não poderei fazer nada para protegê-los.

— Quem vai voltar?

— Vocês já viram com seus próprios olhos.

De repente, ouviram um estrondo distante em algum lugar da casa. Aproximando-se. Irene engoliu em seco e olhou para Ismael. Passos. Um depois do outro, explodindo como tiros, cada vez mais perto. Lazarus sorriu debilmente.

— Aí está — anunciou. — Não têm muito tempo.

— Onde está minha mãe? Para onde a levou? — exigiu a jovem.

— Não sei, e mesmo que soubesse, não ia adiantar.

— Você construiu aquela máquina com o rosto dela... — acusou Ismael.

— Pensei que podia se contentar com aquilo, mas não. Queria mais, queria ela.

Os passos infernais soaram atrás da porta, chegando pelo corredor.

— Do outro lado daquela porta — explicou Lazarus — há uma galeria que conduz à escadaria principal. Se ainda têm algum bom senso, corram para lá e afastem-se desta casa para sempre.

— Não iremos a parte alguma — disse Ismael. — Não sem Simone.

A porta por onde tinham entrado sofreu um forte abalo. Um segundo depois, uma mancha negra começou a se espalhar por baixo dela.

— Vamos sair daqui — apressou Ismael.

A sombra rodeou o lampião, estilhaçando o vidro. Com um sopro de ar gelado, extinguiu a chama. No escuro, Lazarus viu os dois jovens escaparem pela outra saída. Junto a ele, erguia-se uma silhueta negra e insondável.

— Deixe esses dois em paz — murmurou. — São crianças. Deixe-os ir. Pegue a mim de uma vez. Não é isso que quer?

A sombra sorriu.

A galeria em que se encontravam atravessava o eixo central de Cravenmoore. Irene reconheceu o cruzamento de corredores e guiou Ismael até a base da cúpula. Dava para ver as nuvens em trânsito pelas vidraças, como grandes gigantes de algodão negro sulcando o céu. A luminária, uma espécie de êmbolo que coroava o vértice da cúpula, emanava um hipnótico halo de reflexos caleidoscópios.

— Por aqui — indicou a jovem.

— Por aí, mas para onde? — perguntou Ismael nervosamente.

— Acho que sei onde ela está.

Ele olhou por cima do ombro. A galeria continuava às escuras, sem sinal aparente de movimento, mas Ismael sabia que a sombra podia estar avançando naquela direção sem que eles percebessem.

— Espero que saiba o que está fazendo — disse, ansioso por sair dali o quanto antes.

— Venha.

Irene entrou numa das alas que penetravam na penumbra e Ismael foi atrás. Lentamente, a claridade da luminária foi se distanciando e as silhuetas das criaturas mecânicas que povoavam os dois lados transformaram-se em obscuros perfis oscilantes. As vozes, os risos e o matraquear das centenas de mecanismos abafavam o som de seus passos. Ele olhou para trás de novo, examinando a entrada da galeria. Uma rajada de ar frio penetrou naquela espécie de túnel. Olhando ao redor, Ismael reconheceu as cortinas de gaze ondulando à frente deles, gravadas com a inicial que ondulava lentamente.

A

— Tenho certeza de que está presa aqui — disse Irene.
Além do cortinado, a porta de madeira lavrada erguia-se no fundo do corredor. Fechada.
Uma nova rajada de ar frio envolveu os dois, agitando os panos.
Ismael parou e cravou os olhos na escuridão. Tenso como um cabo de aço, o rapaz tentava ver alguma coisa nas trevas.
— O que houve? — perguntou Irene, percebendo o mal-estar que tinha se apoderado dele.
O jovem abriu a boca para responder, mas parou. Ela olhou a galeria atrás deles. Um simples ponto de luz brilhava na extremidade do túnel. O resto, trevas.
— Está aqui — disse o jovem. — Observando.
Irene se agarrou a ele.
— Não está sentindo?
— Não podemos ficar parados aqui, Ismael.
Ele fez que sim, mas seu pensamento estava em outro lugar. Irene pegou sua mão e puxou-o para a porta do quarto.

O jovem não tirou os olhos da galeria às suas costas durante todo o trajeto. Finalmente, quando ela parou na frente da entrada, os dois trocaram um olhar. Sem dizer nada, Ismael colocou a mão na maçaneta e girou lentamente. A fechadura cedeu com um débil rangido metálico e o próprio peso da madeira maciça fez a porta abrir para dentro, girando sobre os gonzos.

Uma neblina de tinta azul pálida velava o quarto, perturbada apenas pelas faíscas douradas que emanavam do fogo.

Irene avançou alguns passos até o meio do quarto. Tudo estava do jeito que recordava. O grande retrato de Alma Maltisse brilhava sobre a lareira e seus reflexos se espalhavam pela densa atmosfera do quarto, revelando os contornos das cortinas de seda transparente que cercavam o dossel do leito. Ismael fechou cuidadosamente a porta e foi atrás de Irene.

O braço da moça o deteve. Apontou para uma poltrona voltada para o fogo, de costas para eles. De um dos braços pendia uma mão pálida, caída no chão como uma flor murcha.

Junto dela brilhavam os fragmentos quebrados de uma taça sobre uma poça de líquido como pérolas candentes sobre um espelho. Irene sentiu o coração acelerar em seu peito. Soltou a mão de Ismael e aproximou-se passo a passo da poltrona. A claridade dançante das chamas iluminou o rosto inconsciente: Simone.

Irene ajoelhou-se ao lado da mãe e tomou sua mão. Durante alguns segundos, não encontrou seu pulso.

— Ai, meu Deus...

Ismael foi rapidamente até a escrivaninha e pegou uma bandejinha de prata. Correu até Simone e colocou-a diante de sua boca. Uma nuvem tênue de vapor embaçou a superfície brilhante. Irene respirou profundamente.

— Está viva — disse Ismael, observando o rosto desacordado da mulher e pensando ver nele o que parecia uma Irene madura e sábia.

— Temos que tirá-la daqui. Preciso de ajuda.

Cada um ficou de um lado de Simone e, segurando-a nos braços, começaram a retirá-la da poltrona.

Só tinham conseguido erguê-la alguns centímetros quando um sussurro fundo, arrepiante, ecoou dentro do quarto. Os dois pararam e olharam ao redor. O fogo projetava múltiplas sombras em visões fugidias nas paredes.

— Não vamos perder tempo — apressou Irene.

Ismael levantou Simone novamente, mas dessa vez o som estava mais perto e seus olhos conseguiram localizá-lo. O retrato! Num instante, o véu que cobria o óleo inflou como um balão de escuridão líquida, ganhando volume e desdobrando dois longos braços que terminavam em garras afiadas como estiletes.

Ismael tentou retroceder, mas a sombra pulou da parede como um felino, traçando uma curva na penumbra e pousando às suas costas. Por um segundo, a única coisa que ele conseguiu ver foi sua própria sombra diante dele. Depois, do contorno de sua sombra emergiu uma outra que cresceu gelatinosamente até engolir de todo a sua. O jovem sentiu o corpo de Simone escorregar de seus braços. Uma poderosa garra de gás gelado apertou seu pescoço, jogando-o contra a parede com uma força incontível.

— Ismael! — gritou Irene.

A sombra virou-se para ela. A jovem correu para a outra ponta do quarto. As sombras a seus pés se fecharam sobre ela formando uma flor mortal. Sentiu o contato gelado, estremecedor, da sombra envolvendo todo o seu corpo, paralisando os músculos. Tentou inutilmente lutar, enquanto contemplava horrorizada o manto de escuridão deslizar do teto e assumir a forma familiar do rosto de Hannah. A cópia fantasmagórica olhou para ela com ódio e seus lábios de vapor exibiram longos caninos úmidos e reluzentes.

— Você não é Hannah — disse Irene, com um fio de voz.

A sombra esbofeteou-a, abrindo um corte em seu rosto. Num instante, as gotas de sangue que afloraram na ferida foram absorvidas pela sombra, como se fossem aspiradas por uma forte corrente de ar. Um espasmo de vômito tomou conta de Irene. A sombra agitou dois dedos longos e pontiagudos, como duas adagas, diante de seus olhos.

Ainda aturdido pelo golpe, Ismael estava se levantando de novo quando ouviu aquela voz rouca e maligna. A sombra segurava Irene no meio do quarto, disposta a acabar com ela. Ele gritou e se jogou contra a massa sombria. Seu corpo a atravessou e a sombra se dividiu em milhares de gotas diminutas que caíram no chão como uma chuva de carvão líquido. Ismael levantou Irene e tirou-a do alcance da sombra. No chão, as gotinhas se juntaram num tornado que sacudiu os móveis ao redor, jogando-os contra as paredes e as janelas, transformados em projéteis mortais.

Ismael e Irene se jogaram no chão. A escrivaninha atravessou uma das vidraças, pulverizando-a. Ismael deitou em cima de Irene tentando protegê-la do impacto. Quando voltou a olhar, o torvelinho de escuridão ganhava solidez de novo. Duas grandes asas negras se abriram e a sombra surgiu, maior e mais poderosa do que nunca. Ergueu uma das garras e mostrou a palma. Dois olhos e os lábios se abriram sobre ela.

Ismael pegou de novo o punhal, agitando-o na frente do rosto e deixando Irene às suas costas. A sombra se levantou e começou a andar até eles. A garra pegou a lâmina do punhal. Ismael sentiu a corrente gelada subir por seus dedos e sua mão, paralisando todo o braço.

A arma caiu no chão e a sombra envolveu o rapaz. Irene tentou segurá-lo em vão. A sombra estava levando Ismael para o fogo.

Foi então que a porta do quarto se abriu e a silhueta de Lazarus Jann apareceu na soleira.

A luz espectral que emergia do bosque refletiu no para-brisa da viatura da polícia que abria a formação. Atrás dele, o carro do dr. Giraud e uma ambulância requisitada ao ambulatório de La Rochelle atravessavam a estrada da Praia do Inglês a toda velocidade.

Sentado junto ao comissário-chefe, Henri Faure, Dorian foi o primeiro a ver o halo dourado que se filtrava por entre as árvores. Dava para ver a silhueta de Cravenmoore por trás do bosque, um gigantesco carrossel fantasmagórico na névoa.

O comissário franziu as sobrancelhas e contemplou uma cena que nunca tinha visto em 52 anos de vida naquela cidade.

— Mais rápido! — apressou Dorian.

O comissário olhou para o menino e, enquanto acelerava, começou a considerar se a história daquele acidente tinha alguma coisa de verdadeiro.

— Tem alguma coisa que não me contou?

Dorian não respondeu, limitando-se a olhar para a frente.

O comissário acelerou fundo.

A sombra se virou e, ao ver Lazarus, deixou Ismael cair como um peso morto. O jovem bateu no chão com força e deu um grito sufocado de dor. Irene correu para ajudá-lo.

— Tire-o daqui — disse Lazarus, avançando lentamente para a sombra, que retrocedia.

Ismael sentiu uma fisgada no ombro e gemeu.

— Tudo bem? — perguntou ela.

Ele balbuciou alguma coisa incompreensível, mas levantou e fez que sim. O olhar que Lazarus pousou sobre eles era impenetrável.

— Peguem Simone e saiam daqui! — gritou ele.

A sombra ciciava diante dele como uma serpente à espreita. De repente, saltou para a parede e foi absorvida de novo pelo retrato.

— Já disse para saírem daqui! — gritou Lazarus.

Ismael e Irene pegaram Simone, arrastando-a até a soleira da porta do quarto. Antes de sair, Irene virou-se e olhou para Lazarus. Viu o fabricante de brinquedos caminhar até o leito protegido pelo dossel e afastar as cortinas com infinita ternura. A silhueta da mulher se perfilou atrás das cortinas.

— Espere... — murmurou Irene com o coração apertado.

Só podia ser Alma. Um arrepio percorreu seu corpo ao ver as lágrimas no rosto de Lazarus. O fabricante de brinquedos abraçou Alma. Irene nunca tinha visto alguém abraçar outra pessoa com aquele cuidado em toda a sua vida. Cada gesto, cada movimento de Lazarus demonstrava um carinho e uma delicadeza que só uma vida inteira de veneração podiam dar. Os braços de Alma o envolveram também e, por um instante mágico, os dois ficaram unidos na penumbra além deste mundo. Sem saber por quê, Irene teve vontade de chorar, mas uma nova visão, terrível e ameaçadora, atravessou seu caminho.

A mancha estava deslizando sinuosamente do retrato para a cama. Uma onda de pânico invadiu a jovem.

— Cuidado, Lazarus!

O fabricante de brinquedos virou-se e contemplou a sombra se erguendo diante dele, rugindo de raiva. Sustentou o olhar daquele ser infernal durante um segundo, sem demonstrar temor algum. Em seguida, olhou para os dois. Seus olhos pareciam transmitir palavras que eles não conseguiam entender. De repente, Irene compreendeu o que Lazarus estava disposto a fazer.

— Não! — gritou, sentindo que Ismael a segurava.

O fabricante de brinquedos se aproximou da sombra.

— Não vai levá-la outra vez...

A sombra ergueu a garra, pronta para atacar seu dono. Lazarus enfiou a mão no paletó e tirou um objeto brilhante. Um revólver.

A risada da sombra repercutiu no quarto como o ganido de uma hiena.

Lazarus apertou o gatilho. Ismael olhou para ele, sem entender. Foi então que o fabricante de brinquedos sorriu debilmente e o revólver caiu de sua mão. Uma mancha escura se espalhava em seu peito. Sangue.

A sombra deixou escapar um grito que estremeceu toda a mansão. Um grito de terror.

— Oh, Deus!... — gemeu Irene.

Ismael foi socorrê-lo, mas Lazarus ergueu a mão para detê-lo.

— Não. Deixem-me aqui com ela e tratem de ir embora — murmurou, com um fio de sangue escorrendo do canto dos lábios.

Ismael segurou Lazarus nos braços e chegou mais perto do leito. Ao fazer isso, a visão de um rosto pálido e triste o atingiu como uma punhalada. Ismael contemplou Alma Maltisse cara a cara. Seus olhos chorosos o encararam fixamente, perdidos no sono do qual nunca despertariam.

Uma máquina.

Durante todos aqueles anos, Lazarus tinha vivido com uma máquina para manter viva a recordação da esposa, a lembrança de tudo o que a sombra tinha lhe tirado.

Paralisado, Ismael deu um passo atrás. Lazarus olhou para ele, suplicante.

— Deixe-me sozinho com ela... por favor.

— Mas... não é mais que... — começou Ismael.

— Ela é tudo o que tenho...

O jovem entendeu então por que o corpo da mulher afogada na ilha do farol nunca tinha sido encontrado. Lazarus o resgatou da água, devolvendo-o à vida, a uma vida inexistente, mecânica. Incapaz de enfrentar a solidão e a perda da esposa, criou um fantasma a partir de seu corpo, um triste reflexo com o qual conviveu durante vinte anos. Mas observando seus olhos agonizantes, Ismael compreendeu que, no fundo de seu coração, de uma maneira que não conseguia entender, Alexandra Alma Maltisse continuava viva.

O fabricante de brinquedos dirigiu a eles um último olhar cheio de dor. O jovem concordou lentamente e voltou para perto de Irene. Ela percebeu que o rosto dele estava pálido como se tivesse visto a morte em pessoa.

— O que foi...?

— Vamos sair daqui. Já — apressou Ismael.

— Mas...

— Já disse, vamos sair daqui!

Juntos, os dois arrastaram Simone até o corredor. A porta se fechou às suas costas com força, encerrando Lazarus em seu quarto. Carregando Simone, Irene e Ismael correram o máximo que podiam até a escadaria principal, tentando ignorar os ganidos inumanos que se ouviam do outro lado da porta. Era a voz da sombra.

Lazarus Jann levantou da cama e, cambaleando, encarou a sombra. O olhar do fantasma era desesperado. Aquele pequeno orifício feito pela bala estava aumentando e devorava a sombra também, um pouco mais a cada segundo. A sombra pulou de novo, buscando refúgio no quadro, mas dessa vez Lazarus pegou uma acha de lenha em brasa e deixou as chamas lamberem a pintura.

O fogo se espalhou sobre o retrato como ondas num lago. A sombra ganiu e, nas trevas da biblioteca, as páginas daquele livro negro começaram a sangrar e arderam em chamas também.

Lazarus se arrastou de volta para a cama, mas a sombra, cheia de ódio e devorada pelas chamas, foi atrás dele, deixando um rastro de fogo por onde passava. As cortinas do dossel pegaram fogo e as línguas ardentes cobriram o teto e o chão, devorando furiosamente tudo o que encontravam. Em apenas alguns segundos, um inferno asfixiante cobria todo o quarto.

As labaredas atingiram uma das janelas e o fogo explodiu as poucas vidraças que ainda estavam intactas, sugando o ar noturno com uma força insaciável. A porta do quarto voou em chamas e desmoronou no meio do corredor. Lenta mas inexoravelmente, como uma praga, o fogo tomou conta de toda a mansão.

Caminhando no meio do fogaréu, Lazarus pegou o frasco de cristal que guardou a sombra durante tantos anos, erguendo-o nas mãos. Com um berro desesperado, a sombra penetrou no frasco. Uma teia de aranha de gelo cobriu suas paredes de cristal. Lazarus tampou o frasco e, depois de olhá-lo pela última vez, jogou-o no fogo. O frasco explodiu em mil pedaços e, como o hálito moribundo de uma maldição, a sombra desapareceu para sempre. E com ela, o fabricante de brinquedos sentiu sua vida escapar lentamente pelo ferimento fatal.

Quando Irene e Ismael saíram pela porta principal levando Simone inconsciente nos braços, as labaredas já apareciam nas janelas do terceiro andar. Em poucos segundos, as vidraças explodiram uma após a outra, atirando uma tempestade de vidro ardente sobre o jardim. Os dois correram até o limiar do bosque e só pararam para olhar para trás quando estavam sob o abrigo das árvores.

Cravenmoore ardia.

13. AS LUZES DE SETEMBRO

Uma a uma, as criaturas maravilhosas que povoavam o universo de Lazarus Jann foram destruídas naquela noite de 1937. Relógios falantes viram seus ponteiros derreter em fios de chumbo incandescente. Bailarinas e orquestras, magos, bruxas e enxadristas, prodígios que nunca mais veriam a luz do dia: não houve piedade para nenhum deles. Andar por andar, quarto por quarto, o espírito da destruição apagou para sempre tudo o que aquele lugar mágico e terrível continha.

Décadas de fantasia se desmancharam no ar, deixando apenas um rastro de cinzas atrás de si. Em algum lugar daquele inferno, sem outras testemunhas além das chamas, consumiram-se as fotos e os recortes que Lazarus Jann guardava como um tesouro e, enquanto as viaturas da polícia chegavam àquela pira fantasmagórica que desenhou uma aurora à meia-noite, os olhos daquele menino atormentado se fecharam para sempre num quarto onde nunca houve e nunca haveria brinquedos.

Nunca em sua vida, Ismael conseguiria esquecer aqueles últimos momentos de Lazarus e sua companheira. A última coisa que viu foi Lazarus beijando a fronte da esposa. Jurou então que guardaria seu segredo até o fim de seus dias.

As primeiras luzes do dia revelariam uma nuvem de cinzas que cavalgava até o horizonte acima da baía cor de púrpura. Enquanto o amanhecer dissipava lentamente a neblina sobre a Praia do Inglês, as ruínas de Cravenmoore despontaram sobre as copas das árvores, além do bosque. O rastro das espirais fugidias de fumaça mortiça subia aos céus, desenhando caminhos de veludo negro sobre as nuvens, caminhos quebrados apenas pelos bandos de pássaros que voavam para o oeste.

O telão da noite não queria se retirar, e a neblina cor de cobre que escondia a ilha do farol a distância foi se desfazendo numa miragem de asas brancas que levantavam voo na brisa do amanhecer.

Sentados no manto de areia branca, no meio do caminho de lugar nenhum, Irene e Ismael contemplavam os últimos minutos daquela longa noite do verão de 1937. Em silêncio, juntaram as mãos e deixaram os primeiros reflexos rosados do sol que apareciam entre as nuvens traçarem uma trilha de pérolas acesas mar adentro. A torre do farol se ergueu na névoa, escura e solitária. Um débil sorriso brotou nos lábios de Irene quando ela entendeu que, de alguma forma, aquelas luzes que o pessoal do lugar costumava ver brilhando na neblina se apagariam agora para sempre. As luzes de setembro tinham partido com o amanhecer.

Nada mais, nem mesmo a lembrança dos acontecimentos daquele verão, poderia manter a alma perdida de Alma Maltisse suspensa no tempo. Enquanto esses pensamentos se perdiam na maré, Irene olhou para Ismael. O aviso de uma lágrima brilhou no canto de seus olhos, mas a jovem adivinhou que nunca derramaria aquela lágrima.

— Vamos voltar para casa — disse ele.

Irene fez que sim e juntos eles refizeram seus passos pela beira da praia até a Casa do Cabo. Enquanto caminhava, um único pensamento ocupava a mente de Irene. Num mundo de luzes e sombras, todos nós, cada um de nós precisa encontrar seu próprio caminho.

Mais tarde, quando Simone revelasse as palavras que a sombra tinha lhe dito, a verdadeira história de Lazarus Jann e Alma Maltisse, todas as peças daquele quebra-cabeça começariam a se encaixar em suas mentes. No entanto, o fato de poder lançar luz sobre o que de fato tinha acontecido não mudaria o curso dos acontecimentos. A maldição tinha perseguido Lazarus Jann desde a sua trágica infância até a morte. Uma morte que ele mesmo, no último momento, compreendeu que era a única saída. Só o que lhe restava era fazer sua última viagem para encontrar Alma além do alcance da sombra e do malefício daquele desconhecido imperador das sombras que se ocultava sob o nome de Daniel Hoffmann. Nem ele, com todo o seu poder e suas trapaças, poderia destruir o laço que unia Lazarus e Alma para além da vida e da morte.

Paris, 26 de maio de 1947

Querido Ismael:
Muito tempo passou desde a última vez em que escrevi para você. Tempo demais. Finalmente, há apenas uma semana, aconteceu o milagre. Todas as cartas que você enviou durante todos esses anos para meu antigo endereço chegaram a mim graças à bondade de uma vizinha — uma pobre velhinha de quase noventa anos! — que as guardou ano após ano, esperando que alguém algum dia viesse buscá-las.

Passei os últimos dias lendo, relendo e lendo outra vez cada uma delas até a saciedade. Agora, estão guardadas como o mais valioso dos meus tesouros. As razões de meu silêncio, desta longa ausência, são difíceis de explicar. Sobretudo para você, Ismael. Sobretudo para você.

Aqueles dois jovens na praia nunca poderiam imaginar que, na manhã em que a sombra de Lazarus Jann se apagou para sempre, uma sombra muito mais terrível pairava sobre o mundo. A sombra do ódio. Suponho que todos nós pensamos naquelas palavras a respeito de Daniel Hoffmann e seu "trabalho" em Berlim.

Quando perdi contato com você durante os anos terríveis da guerra, escrevi centenas de cartas que nunca chegaram a lugar algum. Sigo me perguntando onde elas estão, onde foram parar todas aquelas palavras, todas as coisas que queria lhe dizer. Quero que saiba que, durante aqueles tempos terríveis de escuridão, sua lembrança e a memória daquele verão em Baía Azul foi a chama que me manteve viva, a força que me ajudou a sobreviver dia após dia.

Naquela época, Dorian se alistou e serviu no norte da África por dois anos, de onde regressou com um montão de absurdas medalhas de latão e um ferimento que o fará mancar pelo resto de seus dias. Ele teve sorte. Voltou. Sei que vai ficar contente em saber que ele afinal conseguiu um emprego no gabinete de cartografia da marinha mercante e que, nos momentos em que a namorada Michelle o deixa livre (precisa ver que peça...), percorre o mundo de ponta a ponta com seu compasso.

Não sei o que dizer de Simone. Invejo sua força e essa integridade que nos levou adiante tantas vezes. Os anos da guerra foram duros para ela, talvez até mais do que para nós. Nunca fala disso, mas às vezes, quando a vejo silenciosa perto da janela olhando as pessoas passarem, fico me perguntando em que estará pensando. Não sai mais de casa e passa as horas na companhia solitária de um livro. É como se tivesse atravessado para o outro lado de uma ponte ao qual não sei como chegar... Às vezes, a surpreendo contemplando velhas fotos de papai, chorando em silêncio.

Quanto a mim, estou bem. Faz um mês que deixei o hospital de Saint Bernard, onde trabalhei durante esses anos. Vai ser demolido. Espero que junto com o velho edifício desapareçam também as lembranças do sofrimento e do horror que presenciei ali durante os dias de guerra. Acho que também não sou mais a mesma, Ismael. Algo aconteceu dentro de mim.

Vi muitas coisas que nunca pensei que pudessem acontecer... Há sombras no mundo, Ismael. Sombras muito piores do que a coisa contra a qual eu e você lutamos naquela noite em Cravenmoore. Sombras ao lado das quais Daniel Hoffmann é uma brincadeira de criança. Sombras que vivem dentro de cada um de nós.

Às vezes, me alegro por papai não estar aqui para vê-las. Mas assim você vai acabar pensando que virei uma saudosista. Nada disso. Assim que li sua última carta, meu coração deu um pulo. Era como se o sol tivesse nascido depois de dez anos de dias negros e chuvosos. Voltei a percorrer a Praia do Inglês, a ilha do farol e a cruzar a baía a bordo do Kyaneos. Sempre me lembrarei daqueles dias como os mais maravilhosos da minha vida.

Vou lhe confessar um segredo. Muitas vezes, durante as longas noites de inverno da guerra, enquanto tiros e gritos soavam na escuridão, deixava meu pensamento me levar novamente para lá, para junto de você, para aquele dia que passamos na ilha do farol. Quem dera nunca tivéssemos saído de lá. Quem dera aquele dia nunca tivesse terminado.

Imagino que deve estar perguntando se me casei. A resposta é não. Não vá pensar que me faltaram pretendentes. Ainda sou uma moça que faz certo sucesso. Tive alguns namorados. Idas e vindas. Os dias da guerra eram muito duros para passá-los na solidão e não sou tão forte quanto Simone. Mas nada além disso. Aprendi que às vezes a solidão é um caminho que conduz à paz. E durante meses não desejei nada mais do que isso: paz.

Bem, isso é tudo. Ou nada. Como posso explicar todos os meus sentimentos, todas as lembranças que guardei durante todos esses anos? Queria poder apagá-los de uma vez por todas. Queria que minha última lembrança fosse aquele amanhecer na praia e que todo esse tempo nada mais fosse que um longo pesadelo. Que-

ria voltar a ser uma menina de 15 anos e não entender o mundo que me cerca — porém é impossível.

Mas não vou continuar a escrever. Quero que da próxima vez a gente se fale frente a frente.

Dentro de uma semana, Simone vai passar alguns meses com uma irmã em Aix-en-Provence. Nesse mesmo dia, voltarei à estação de Austerlitz e pegarei o trem para a Normandia, assim como fiz há dez anos. Sei que estará esperando por mim e sei que vou reconhecê-lo entre todos, como reconheceria mesmo que tivessem se passado mil anos. Sei disso há muito tempo.

Uma eternidade de tempo atrás, nos piores dias da guerra, tive um sonho. Nele, voltava a percorrer a Praia do Inglês com você. O sol se punha e a ilha do farol se desenhava na névoa. Tudo era como antes: a Casa do Cabo, a baía..., até mesmo as ruínas de Cravenmoore acima do bosque. Tudo menos nós. Éramos um par de velhinhos. Você já não queria mais saber de navegar e meu cabelo era tão branco que parecia neve. Mas estávamos juntos.

Desde aquela noite, soube que algum dia, não importa quando, a nossa hora iria chegar. Que num lugar distante, as luzes de setembro iriam se acender para nós e que dessa vez não haveria mais sombras em nosso caminho.

Dessa vez, seria para sempre.

1ª EDIÇÃO [2013] 6 reimpressões

ESTA OBRA FOI COMPOSTA EM ADOBE GARAMOND PRO PELA ABREU'S SYSTEM E IMPRESSA EM OFSETE PELA LIS GRÁFICA SOBRE PAPEL PÓLEN NATURAL DA SUZANO S.A. PARA A EDITORA SCHWARCZ EM MAIO DE 2023

A marca FSC® é a garantia de que a madeira utilizada na fabricação do papel deste livro provém de florestas que foram gerenciadas de maneira ambientalmente correta, socialmente justa e economicamente viável, além de outras fontes de origem controlada.